Eve Saglietto

Der Hirsch

und andere Tier-Novellen

ISBN 978-3-00-078288-6

„Die Tiere können nicht sprechen,
dennoch denken sie viel mehr,
als wir uns vorstellen."

Albert Schweitzer

INHALT

An meine Pferde Amadeus und Allegro

VORWORT

Die Tiere besitzen Gefühle, spüren Angst, Freude, Liebe und Trauer. Viele von ihnen zeigen eine ausgeprägte Intelligenz, um ihr Leben zu meistern, egal ob sie in komplexen Sozialstrukturen oder einsam leben. Sie können Rätsel lösen, Werkzeuge benutzen, logisch denken, sich selbst im Spiegel erkennen und trotzdem wird fast ausschließlich von Instinkten, Überlebenswillen oder Überlebenskampf gesprochen. So ist es weiterhin möglich, die Tiere als Untertanen zu behandeln, statt ihnen den Status von fühlenden Wesen zu geben und sie entsprechend anzuerkennen. Man spricht von Anthroposophie, wenn jemand ein Tier wie einen Menschen ansieht, nun, bis jetzt haben die Tiere keine wirklichen Rechte und ihr Schutz ist immer noch abhängig von dem guten Willen der Menschen und ihren Gesetzen.

Es ist meine persönliche Überzeugung, dass die Beobachtung der Natur keine Frage offenlässt, weil die Natur perfekt ist. Wenn man ein Pferd betrachtet, kann man es mit einer Kathedrale vergleichen: Wie bei einer Kathedrale, wo die Platzierung eines jeden Steins kalkuliert ist, sind es die Muskeln, Sehnen und Bänder des Pferdes, die zusammen harmonisch diesen großen Körper, der von so dünnen Beinen getragen wird, funktionieren lassen. Aber eine Kathedrale ist statisch, die Bewegungen eines Pferdes hingegen sind ein Wunder, und dieses Wunder wurde durch eine göttliche Ordnung möglich. Leider entfernt sich die Menschheit immer mehr von dieser Ordnung, zu Lasten anderer Lebewesen, ohne Rücksicht auf die Konsequenzen.

Die Tiere sind nicht nur von „Instinkt“ dominiert oder, wie der französische Philosoph und Mathematiker René Descartes im siebzehnten Jahrhundert geschrieben hat, keine rein mechanischen Wesen. Unglücklicherweise hat sich seine Theorie lang gehalten, und vor ihm die Theorie der Kirche, die in den Tieren keine Seelen erkennen wollte, stattdessen sollten die Menschen die Tiere nutzen und essen, die Natur zu unseren Gunsten plündern. Tiere und Natur haben einen schweren Tribut für diese Theorien bezahlt und bezahlen ihn immer noch.

Fast jeder Mensch würde sagen, dass er Tiere liebt, es ist aber interessant, wie selektiv sich diese Liebe manifestiert. Wo ist der Unterschied zwischen einem Schwein, das für die Forschung an Tierintelligenz im Nu eine farbige Form an die richtige farbige Stelle bringt und den Schweinen, die eingepfercht im Dunkeln leben, ihren Uringestank atmen müssen und vor ihrer Schlachtung qualvoll in den berüchtigten Gondolen an Kohlenstoffdioxid ersticken? Sind es nicht immer noch Schweine? Oder gibt es mehrere Sorten von Schweinen? Die intelligenten und die anderen, die als Schnitzel dienen? Dieses selektive Denken erstreckt sich auf alle Tiere, egal ob Nutztiere, Wildtiere oder Haustiere: Es heißt Speziesismus.

Alle diese Gedanken haben mich dazu inspiriert, dieses Buch zu schreiben. Gibt es eigentlich Beweise, dass Tiere unterschiedlicher Arten nicht miteinander kommunizieren können? Dass die Interaktionen nicht tiefer stattfinden, als wir denken? Es gibt keine.

Alle Situationen und Handlungen mit den Tieren, die ich beschreibe, sind Realität, nichts ist erfunden, nur die menschlichen Akteure sind von meiner Phantasie erschaffen worden.

Aus all diesen Gründen haben Tiere das Recht auf ein friedliches Leben, es ist an der Zeit, ihnen diese Rechte mit Herz und Liebe zu schenken.

St. Heinrich, 2023

DER HIRSCH

Die lange Reise

Die Hitze des Sommers in Andalusien hatte seinen Höhepunkt erreicht, die Luft wurde lediglich von warmen Windstößen unterbrochen, sowie den leichten Staubwolken auf dem Platz einer Finca, wo reinrassige spanische Pferde gezüchtet wurden. Außenboxen für die Hengste liefen auf jeder Seite des Platzes entlang, während die Stuten mit ihren Fohlen frei auf einer riesigen Koppel mit trockenem Gras standen und unter den Oliven- und Mandelbäumen dösten.

Trotz der Hitze waren alle Hengste mit ihren Reitern im Gelände unterwegs, außer einem, dem rotbraunen Lorenzo. In der Früh war Lorenzo aufwendig geputzt und gewaschen, seine Mähne und der Schweif geflochten worden. Er spürte etwas Seltsames, fast Unangenehmes, er war daran gewöhnt, dass man ihn schön machte für fremde Leute, die ihn anschließend ritten. Er erinnerte sich an eine junge Frau, die länger als die anderen geblieben war und ihn jeden Tag gepflegt hatte. Wenn sie auf ihm ritt, hatte sie sein Maul und seine Flanken nicht malträtiert, sogar am Strand waren sie spazieren gegangen. Dann war sie weg gewesen.

Der älteste Hengst hatte ihm damals gesagt: „Lorenzo, ich glaube, du wirst uns bald verlassen…“. Lorenzo hatte keine Lust den Ort, den er seit seiner Geburt kannte, zu verlassen. Und überhaupt wollte er nicht von seiner Freundin Felia getrennt werden. Zusammen hatten sie ihr erstes Lebensjahr mit ihren Müttern verbracht, vor einiger Zeit ist Felia selbst Mutter geworden und Lorenzo wurde der stolze Vater eines wunderschönen Stutfohlens, rotbraun, wie ihre Eltern.

Allein im Stall wurde Lorenzo ungeduldig und fragte sich, warum José ihn noch nicht gesattelt hatte. José wartete auf einen LKW aus Deutschland, was Lorenzo nicht wusste. Am späten Vormittag hörte der Hengst das Brummen eines Motors, ein riesiger Transporter rollte in den Hof und blieb dort stehen. Zwei Männer stiegen aus und verschwanden mit José im Inneren der Finca. Es dauerte nicht lang bis sie mit Papier in den Händen rauskamen. Sie öffneten die Rampe, während José Lorenzo holte, er tänzelte ein bisschen und beeilte sich, seine Box zu verlassen, froh, sich bewegen zu können. José führte ihn zur Rampe, von unten sah er einen leeren Raum mit mehreren Boxen an den Seiten, es war nicht so dunkel wie im Transporter des Gestüts. Sein Herz schlug stärker als José mit ihm die Rampe betrat. Wie ein Blitz durchzuckte Lorenzo die schreckliche Erkenntnis, dass er Felia und seine Tochter nie wieder sehen würde. Sich zu wehren war sinnlos, José hatte die Gerte schon in der Hand. Er erinnerte sich an Orlando, der nicht einsteigen wollte. José hatte ihn geprügelt bis Orlando seinen Widerstand aufgab und sich in den Transporter treiben ließ. Er hatte vor Schmerzen und Angst nur noch gezittert… Nein, Lorenzo wollte so etwas nicht erleben. Kurz vor der Rampe blieb er stehen, schaute ein letztes Mal in Richtung der Wiese nach Felia, wo sich alle Stuten und Fohlen neugierig an dem Zaun versammelt hatten, um zu beobachten, was auf dem Platz vor sich ging, dann folgte er José ins Unbekannte.

Eine Box mit Gummimatten an den Wänden, auf dem Boden mit Sägespänen eingestreut, eine automatische Tränke und viel frisches Heu warteten auf ihn. Es war angenehm kühl. José nahm ihm das Halfter ab, gab ihm einen Klaps auf den Hals und verschwand. Die Rampe war jetzt geschlossen und der LKW setzte sich langsam in Bewegung, Lorenzo wieherte von ganzem Herzen nach seiner Felia, die er durch die vergitterten Fenster ein letztes Mal sehen konnte. Er fühlte sich so allein wie noch nie zuvor in seinem Leben.

Das monotone Geräusch des Motors machte ihn schläfrig, er erschrak, als der LKW nach einigen Stunden plötzlich anhielt. „Wo bin ich?“ dachte er. Er hörte die beiden Männer sprechen, es war die Sprache der jungen Frau und er hatte sie mühelos verstanden.

Nach einer Weile wurde die Rampe geöffnet, er hörte Wiehern und das Geräusch von klappernden Hufen. Durch die Fenster sah Lorenzo zwei Männer mit zwei Pferden, die ungeduldig in Richtung des Transporters trabten. Immer noch im Trab stiegen sie auf die Rampe und rannten in die beiden Boxen gegenüber von Lorenzo. Kaum waren sie frei von ihren Halftern, stürzten sie sich auf das Heu. Er war froh, endlich nicht mehr allein zu sein. Das Fahrzeug fuhr wieder ab.

Ganz vorsichtig begrüßte Lorenzo seine Kameraden, einen schneeweißen Schimmel und einen Rappen. Der Schimmel antwortete zuerst:

– „Hola amigo! Seit wann bist du unterwegs in dieser Kiste? Ich heiße Alhambra und mein Freund Othello.“

– „Ich bin Lorenzo, ich weiß es nicht mehr. Ich komme aus Andalusien.“

– „Puh! Wir waren schon in Andalusien für eine Feria[1]. Es war eine lange Reise und nicht so bequem wie hier. Eine tolle Kiste, es ist angenehm kühl und das Heu schmeckt köstlich!“

– „Wir wissen auch nicht, wohin wir fahren, Glück oder Unglück, es wird sich ergeben.“

– „Du hast Recht, Othello, nur ich wäre lieber bei meiner Familie und meinen Freunden geblieben.“

---

1) Eine Feria ist ein Volksfest in Andalusien. Das beliebteste ist die Feria in Sevilla, auf der Feria werden die Pferde geritten.

Lorenzo machte eine kummervolle Pause, an Felia zu denken brach ihm das Herz.

– „Tja, Lorenzo, und wir sind froh weg zu sein, wir hoffen, nie wieder zurückzukommen. Schlimmer kann es nicht für uns werden."

– „Doch, Alhambra! Als Picadorpferde… Hast du den armen Xanto vergessen?"

– „Natürlich nicht!"

– „Was sind Picadorpferde, Othello?"

– „Du hast wirklich in einer Blase gelebt, Lorenzo! Picadore sind Menschen, die Pferde in den Arenen für die Stierkämpfe reiten. Der Stier wird hereingelassen und sieht zuerst den Reiter, der trägt einen Speer. Während der Stier das Pferd angreift, bohrt der Reiter seine Waffe in dessen Rücken. Der arme Stier wird von den Schmerzen fast verrückt und greift erneut das Pferd an, welches einen Lappen vor den Augen trägt, daher ist es blind, kann nicht fliehen. Trotz der Schutzdecke sind die Pferde immer verletzt, leicht, wenn sie Glück haben, oder schwer, dann werden sie getötet. Deshalb sind diese Pferde alt, krank oder einfach von ihrem Besitzer abgeschrieben, sehr wenige von ihnen überleben."

– „Oh mein Gott, das ist grausam! Woher wisst ihr das?"

– „Auf der Feria haben wir Xanto getroffen. Er hat uns seine wundersame Geschichte erzählt. Er überlebte mehrere Corridas, bevor er das Reitpferd eines jungen Mädchens wurde. So haben wir erfahren, welche furchtbaren Schicksale Pferde erleben können."

– „Ja, wir können noch froh sein. Was ist mit euch passiert?"

– „Wir? Nicht so dramatisch wie Xanto… aber trotzdem. Wir lebten in einem dunklen Verschlag, manchmal waren wir so lang eingesperrt, dass das Licht uns blendete, wenn wir aus dem Verschlag geführt wurden. Dann sind wir gesattelt worden, traktiert für idiotische Lektionen, immer wieder dieselben. Alle diese Menschen waren nie zufrieden, haben uns mit der Gerte geschlagen, unsere Flanken haben von den Sporen geblutet. Bei Othello hat man weniger gesehen, aber bei mir mit meinem weißem Fell…“

– „Eigentlich wollten wir unser dunkles Loch nicht mehr verlassen, zumindest hatten wir dort Ruhe vor diesen schrecklichen Menschen, nicht wahr, Alhambra?“

– „Das stimmt. Dann sind zwei Fremde gekommen, eine Frau und ein Mann. Die Frau hat mich zuerst geritten, später Othello. Sie war nett und hat mich nicht geschlagen, ich habe mein Bestes gegeben.“

– „Der Mann hat mich auch geritten, es war ein Unterschied wie Tag und Nacht zu unseren Peinigern. Für diese Besucher standen wir ausnahmsweise in den Boxen, schön geputzt… alles nur Theater. Und du, Lorenzo?“

– „Es war nicht perfekt, aber nicht so schlimm, wie bei euch. Ich bin auf einem Gestüt geboren worden und verbrachte fast drei Frühlinge auf der Koppel. Am Anfang mit meiner Mutter und den anderen Stuten und Fohlen, das war schön. Dann sind die Hengstfohlen von der Herde getrennt worden. Wir wurden zu einer riesigen Koppel gebracht und wir lebten nun frei. Irgendwann holten sie uns zurück auf das Gestüt, danach erging es uns wie euch, Sattel, Lektionen, Gerte, Sporen, Serreta[2], Kandare. Ich hatte José als Reiter, er war

---

1) Die Serreta ist ein spanischer Kappzaum mit Zähnen am inneren Metallbügel, sie verursacht Schmerzen und hinterlässt oft Narben am Nasenrücken.

nicht sanft, richtig geschlagen hat er mich nicht. Außerdem waren wir jeden Tag draußen, entweder beim Reiten oder an der Longe und wir hatten Außenboxen. Auf die Koppel zu gehen war vorbei, leider. Ich durfte im Frühling decken, meine Erstgeborene war ein Stutfohlen, das nächste werde ich nie kennenlernen."

Während er seine Geschichte erzählte, überkam Lorenzo die Mutlosigkeit wie ein unheilvoller, düsterer Schatten. Verzweifelt wünschte er sich zurück nach Andalusien, zurück zu Felia und zurück zu seiner Tochter.

Der LKW fuhr noch eine Zeit lang, es wurde dunkel und er hielt an dem Parkplatz einer Tankstelle, wo er bis in den frühen Morgen blieb. Die Männer hatten ihnen viel Heu für die Nacht gegeben und ihre Boxen sauber gemacht, worüber Othello und Alhambra sich sehr freuten. Es sollte bis zum nächsten Morgen dauern, bevor der Transporter wieder stillstand. Die drei Pferde schauten neugierig aus den Fenstern und erblickten ein dunkelbraunes Pferd, welches von einer Frau geführt wurde, und einen Mann neben einem Kinderwagen. Wie bei Lorenzo und seinen Kameraden unterhielten sich die Männer mit der Frau, nahmen Papiere entgegen und öffneten die Rampe. Das dunkelbraune Pferd stieg ohne Widerstand mit der weinenden Frau in die Box ein, sie drückte sich an seinen Kopf und flüsterte ihm ins Ohr: „Verzeih mir!". Sie streichelte ihn noch einen Moment, dann drehte sie sich abrupt um und rannte schnell mit tränenüberströmtem Gesicht aus der Box hinaus. Der Dunkelbraune stand mit gesenktem Kopf da, wie gelähmt, durchgewühlt von tiefem Kummer. Er erschrak, als der Transporter startete.

Die drei Pferde spürten, wie traurig und verzweifelt dieses Pferd war und sie wagten es zunächst nicht, ihn anzusprechen. Nach einer Weile durchbrach Lorenzos Stimme die Stille.

– „Hallo! Ich heiße Lorenzo.“

Der Dunkelbraune schwieg weiter, dann antwortete er:

– „Hallo, Lorenzo, ich bin Que Sera.“

Que Sera seufzte und verstummte erneut.

– „Vielleicht würde es dir gut tun mit uns zu sprechen, ich bin Alhambra und mein Freund heißt Othello.“

– „Vielleicht ja, ich fühle mich so schlecht.“

– „Wir erzählen dir aus unserem Leben und dann erzählst du deine Geschichte. Ich glaube, wir sind noch länger unterwegs!“

Que Sera hörte zu und begann seine eigene Geschichte zu erzählen.

– „Ihr habt sie gesehen, sie war mein Mensch seit meinem dritten Frühling, ich bin jetzt zwölf. Es war schön mit ihr, sie war lieb, fürsorglich, wir hatten viel Spaß zusammen, ich war immer brav, auch mit Stuten, vor kurzer Zeit hat sie mich zum Wallach gemacht…“

– „Was? Du bist nicht mehr ganz?“, sagte Alhambra empört.

– „Nein, leider, deswegen hatte ich viele Schmerzen. Ich weiß nicht, warum sie mir das angetan hat. Jahrelang war sie jeden Tag bei mir, vor zwei Sommern aber hat sie mich nicht mehr jeden Tag geritten, sondern oft longiert. Es war komisch, sie kam immer noch jeden Tag, ich bemerkte aber, dass etwas mit ihr nicht stimmte, weil ihr Bauch immer dicker wurde. Eines Tages war sie verschwunden. Ihr Mann und eine Freundin haben sich um mich gekümmert, ich habe sie aber sehr vermisst. Dann war sie wieder da mit einem

Baby im Kinderwagen, sie hat mich aber nur noch selten geritten und nur, wenn ihre Freundin auf das Baby aufgepasst hat. Sie war völlig verändert, nicht mehr bei mir, ich spürte, dass ihre ganze Liebe nur noch zu diesem Baby floss. Nach und nach hat sie mich fast nicht mehr besucht, die Freundin hat mich geritten. Mehrmals ist sie mit fremden Leuten gekommen, die mich jedes Mal auch geritten haben. Es war mir sehr unangenehm, weil ich bis jetzt nur von ihr oder der Freundin geritten wurde."

– „Ich glaube", sagte Lorenzo, „es ist uns allen so ergangen."

– „Nein, nein! Bei uns waren die Fremden viel freundlicher!" sagten Alhambra und Othello einstimmig.

– „Na ja, auf alle Fälle wusste ich, sie wollte mich loshaben. Dann kam eine Frau in den Stall, älter als mein Mensch, sie ist lange geblieben, war auch beim Reiten ganz lieb, dann war sie weg und kurz danach wurde ich kastriert…"

– „So eine Schande!" schrien die drei Hengste.

– „Ja, es ist aber passiert. Seitdem war meine Liebe jeden Tag da, wie früher, ohne Kinderwagen, aber geweint hat sie viel"

Es war still im LKW geworden, die Erinnerungen, egal ob gut oder schlecht, hatten jedes der vier Pferde aufgewühlt und die Hoffnung auf ein besseres Leben war groß. Die Männer hatten ihnen wieder Heu gebracht, nach und nach legten die Pferde sich hin und schliefen. Es war wieder Nacht, keiner wusste, wo sie sich befanden, denn der Transporter stand. Durch die Fenster konnte Lorenzo einen riesigen Parkplatz neben einer Tankstelle erkennen, wo eine Unmenge von Transportern stand. Dann rollte der LKW weiter, bis die Morgenröte durch die Fenster leuchtete. Die Landschaft hatte sich auch verändert, es war überall ganz grün, mit großen Bäumen, die die vier Pferde nicht benennen konnten. Noch ganz in der Früh hielt plötzlich das Fahrzeug wieder an. Draußen warteten ein Mann und eine Frau mit Halftern in ihren Händen, die beiden Fahrer unterhielten sich kurz mit dem Paar, gaben ihnen Papiere und fuhren die Rampe runter, während die Pferde mit Herzklopfen schwiegen. Wer würde abgeholt werden?

– „Alhambra! Es sind unsere neuen Menschen, ich erkenne sie wieder!“ sagte Othello.

Und tatsächlich holten die Männer den schneeweißen Schimmel und den pechschwarzen Rappen, beide wieherten vor Freude und beeilten sich, ihre Box zu verlassen.

– „Esta la Vida Freunde! Viel Glück, Gott schützt euch! Adios!“ schrien die beiden Hengste.

Lorenzo und Que Sera sahen, wie ihre Freunde von ihren neuen Menschen empfangen wurden und freuten sich für sie, der Stall war wunderschön, kein Verschlag mehr.

– „Sie haben das verdient, so ein schreckliches Leben wünscht sich kein Pferd, sondern gar kein Tier.“

– „Du hast Recht, Lorenzo.“

Und die Reise ging weiter. Die beiden Pferde unterhielten sich, sie vermissten schon die lustigen Gefährten Alhambra und Othello. Pferde haben ein großes, mit Liebe gefülltes Herz. Que Sera und Lorenzo bildeten da keine Ausnahme. Der Transporter rollte immer weiter, immer weiter, Lorenzo hatte den Eindruck, es gab kein Ende. Er war am längsten unterwegs, war wie erstarrt durch den Bewegungsmangel und sehr müde. Am Vormittag bremste der Transporter und kam zum Stehen, Que Sera schaute durch die Fenster.

– „Lorenzo, dort steht die fremde Frau, die mich im Stall geritten hat, ich glaube, ich werde dich verlassen."

– „Schön für dich, Que Sera, ich wünsche dir alles Gute mit diesem neuen Menschen, ich werde an dich denken und dich nicht vergessen!"

– „Danke Lorenzo! Für dich auch alles Gute, Gott segne uns!"

Que Sera verließ den Transporter, die Frau empfing ihn liebevoll. Lorenzo freute sich für Que Sera, obwohl ihn ein mulmiges Gefühl gemischt mit Angst und Erwartung überkam. Wer würde ihn abholen kommen? Die Frau, die so gern am Strand mit ihm spazieren ging oder jemand, den er nicht kannte? Er wurde von tausend Gedanken und Fragen überflutet, die Einsamkeit überfiel ihn plötzlich, Lorenzo wurde tieftraurig, wieherte laut und verzweifelt. Ein Fahrer sagte zu seinem Kollegen:

– „Es ist Zeit, dass wir ankommen, der arme Kerl ist ziemlich am Ende mit den Nerven. Es dauert jetzt nicht mehr lang."

Der Bayerische Wald

Lorenzo bemerkte, wie die Landschaft sich wieder geändert hatte, in der Ferne sah er eine unglaubliche grüne Masse, einen Wald, sehr mächtig und voller Kraft. So etwas hatte er noch nie gesehen oder sich vorstellen können.

„Vielleicht werde ich da aussteigen?" dachte er. Der Blick auf den Wald hatte ihn beruhigt und bald fuhr der LKW in ein Dorf. Lorenzo sah Häuser, vor allem war der Wald jetzt ganz nah. Er hielt den Atem an, sein Puls schoss in die Höhe als der Transporter endlich auf einem Hof stehenblieb, wo eine Frau mit einem Halfter wartete. Die Männer sprachen mit ihr und Lorenzo erkannte: „Ja, sie ist es! Die freundliche Frau vom Strand! Hier wird es mir gut gehen!“. Die Rampe öffnete sich, die Männer führten den Hengst herunter, er war leicht wackelig auf den Beinen von dem langen Stehen, aber die Luft, die in seine Nüstern floss, war so herrlich, dass er sofort eine neue Kraft spürte.

– „Einen Prachtkerl haben Sie da!“

– „Ja, er ist noch schöner als in meinen Erinnerungen!“

Der Mann ließ das Halfter von Lorenzos Kopf runter, damit die Frau ihm das neue Halfter anziehen konnte, als plötzlich die Sirenen eines Feuerwehrautos und eines Krankenwagens die Stille durchbrachen. Lorenzo erschrak, die grellen, unbekannten Töne griffen seine empfindlichen Ohren so sehr an, dass er sich vom Halfter befreite und in voller Panik Richtung Wald rannte. Er hörte noch die Frau seinen Namen schreien, aber die schrillen Geräusche verfolgten ihn, er gab Gas, galoppierte so schnell er konnte, um dem Lärm zu entkommen, bis seine Ohren endlich zur Ruhe kamen.

Er hatte jetzt den Hauptweg verlassen, war abgebogen und drängte sich nach und nach tief in den Wald. Trotz seiner Angst fühlte er sich wohl an diesem Ort, um ihn ragten riesige Bäume vom Boden bis zum Himmel, seine Hufe traten auf ein Meer von weichem, grünem Moos und es war angenehm kühl. Wegen der Bäume bahnte sich das Licht nur mühsam seinen Weg durch die Baumkronen, die Sonne umhüllte die Pflanzen und ließ sie silbrig oder golden erscheinen. Lorenzo war von Gerüchen überwältigt, seine Nüstern atmeten gierig diesen frischen, herben Duft ein, den die unberührte Erde versprühte. Er kannte die salzige Meeresluft, den trockenen Geruch von Pinien und die süßlichen Ausdünstungen von Jasmin und Geißblatt, er hatte sie alle gern, nun das hier war eine andere Dimension. Er lief unbekümmert weiter durch das Dickicht, die Orientierung hatte er völlig verloren und es wurde immer schwieriger, durch den Wald zu gehen. Der Wald schien zu atmen, das Gefühl der Unendlichkeit, der Vollkommenheit materialisierte sich in seinem Körper, in seiner Seele, unbekannt, neu, wohltuend... Lorenzo war zum ersten Mal in seinem Leben frei: Er trug kein Halfter, keinen Kappzaum, keine Kandare, keinen Sattel... keinen Menschen. Und er war nicht eingesperrt, egal ob Weide, Box, Reitplatz, Transporter: Alles hatte seine Bewegungen begrenzt, da waren Zäune, Wände, Gitter: Kontrolle, Kontrolle rings herum. In der Unendlichkeit des Waldes wurde ihm klar, was man ihm sein ganzes Leben lang verweigert hatte: seine Freiheit.

Er lief an riesigen, grauen Steinbrocken und Felsen mit bedrohlichen Formen vorbei, bedeckt von Moos und Flechten, bis er vor einem Korridor stand, getarnt durch hohe Gräser, Farne und Dornbüsche. Er trat einen Schritt ein und fand sich in einem engen, feuchten und dunklen Spalt wieder, der nach Humus roch und dem er mit Vorsicht und Ehrfurcht folgte. Er spürte, wie die Steinwände an den Seiten seines Bauches streiften, sein Herz schlug schneller aus Angst, steckenzubleiben. Endlich sah er ein blasses Licht und er trat wieder hinaus ins Licht. Um ihn herum standen die hohen Bäume dicht zusammengepflanzt, so eng, dass das Licht kaum durchkam, kühler war es auch geworden. Er ging weiter und bald sah er von Weitem eine Lichtung mit wunderschönem, grünem Gras, die von der Sonne bestrahlt wurde, was ihn daran erinnerte, dass er Hunger hatte. Lorenzo fing an zu grasen: Es schmeckte wie der ganze Wald, voller Aroma und so saftig. Er genoss jeden Halm, in seinem Maul verbreitete sich ein Feuerwerk von unterschiedlichen Geschmäckern. Er war glücklich, vergaß dabei seine Müdigkeit und seine Angst.

Ein seltsames Treffen

Lorenzo nahm plötzlich einen neuen Geruch wahr, wild und stark, er hob den Kopf, schaute um sich, graste weiter, aber der Geruch wurde intensiver und er hörte ein leises Rascheln, blitzschnell drehte er sich um, vor ihm stand ein Wolf, und was für einer!

Das Tier war groß, kräftig und sah bedrohlich aus, Lorenzo erstarrte vor Angst. Unfähig, sich zu bewegen, schaute er den Wolf an, der jetzt nur wenige Meter von ihm entfernt stand. Er war dunkelgrau, in seinem Gesicht verdunkelte sich das Fell und umrahmte zwei bernsteinfarbene, funkelnde Augen. Der Wolf beobachtete das Pferd, zog leicht seine Lefzen hoch und grinste ihn an.

– „Na, was haben wir denn da? Ein Pferd, das in meinem Revier spaziert… oder was?"

In Lorenzos Kopf erklang eine raue Stimme, er konnte den Wolf hören und verstehen.

– „Lass mich gehen, ich tue dir nichts!" schrie das Pferd. Der Wolf lachte.

– „Wohin willst du gehen? Du weißt nicht einmal, wo du bist!"

– „So einfach wirst du mich nicht töten können, ich werde kämpfen!"

Lorenzo erweiterte seine Nüstern, senkte den Kopf und scharrte mit den Hufen, bereit für den Kampf seines Lebens.

– „Ruhig Junge! Es wäre töricht von dir, mich anzugreifen, mein Rudel ist nicht weit entfernt, von daher hast du keine Chance."

– „Was willst du von mir?“

– „Gar nichts, Pferd, nur wissen, was du hier machst und suchst. Ich habe keine Absicht und keine Lust, dich zu töten. Reden wir doch, wie alte Freunde.“

– „Wir, alte Freunde???“

– „Es reicht Junge, wenn du einen Kampf willst, so sollst du ihn bekommen!“

Furchterregend baute sich der mächtige Wolf Lorenzo gegenüber auf: Sein Nackenfell war aufgestellt, sein Maul so weit aufgesperrt, dass der Hengst die großen, gefletschten, weißen Zähne des Raubtiers sehen konnte. Seine Hufe, gepaart mit seinen Zähnen, waren seine besten Waffen gegenüber dem Wolf, wenn er schnell genug wäre, um ihn zu erwischen, sollte er seinen Kopf schlagen. Er spürte, wie kampferfahren der Wolf war, einfach würde es nicht werden. Die Bernsteinaugen des Tiers verengten sich zu zwei Schlitzen, er knurrte fürchterlich und machte ein paar Schritte auf Lorenzo zu, der unbewegt stehenblieb. Der Wolf wusste, welche Gefahr für ihn von den schlagkräftigen Hufen des Pferdes ausging und näherte sich von der Seite, er war nur noch zwei Meter von dem Hengst entfernt, bereit, seinen Körper zu spannen und mit einem Sprung die Kehle von Lorenzo zu erreichen. Das Pferd drehte sich blitzschnell, zeigte seine Hinterhand und schlug mit voller Wucht mit beiden Hufen nach dem Raubtier…

Im Dorf

Nach Lorenzos Flucht hatte Kira schnell ihr anderes Pferd gesattelt. Kira galoppierte mit Aramis auf dem Weg zum Wald und hoffte, den Hengst in der Ferne zu sehen. Verstreuter Mist und Hufspuren auf dem Boden gaben ihr Zuversicht, ihn bald zu finden, aber der befestigte Weg war bald zu Ende. Kira wollte das große Warmblut nicht in das Dickicht des Waldes drängen, außerdem waren seit einem halben Kilometer keine Hufspuren mehr zu sehen. Kira schrie panisch:

– „Lorenzo, komm zurück!“

Sie versuchte noch eine Weile, auf etwas zu lauschen, das die Präsenz des Pferdes verraten würde, aber sie nahm nur die Stille wahr, unterbrochen von singenden Vögeln und summenden Insekten. Sie ritt im Schritt weinend zurück und bemerkte die Stelle, wo Lorenzo den Weg verlassen hatte.

– „Mein Gott, er ist doch tief in den Wald gegangen, hoffentlich wird er überleben!“

Das dachte auch Aramis.

Eugen

Die Hufe des Pferdes hätten den Wolf beinahe am Kopf getroffen und jetzt schlug er schnell weiter aus, während er sich gleichzeitig drehte. Mit seinen beidseitig blickenden Augen konnte er den Bewegungen des Wolfes folgen und seinen Angriff vorausahnen. Durch den Kampf schütteten beide Tiere Adrenalin aus: Auch wenn Lorenzo ein junger, muskulöser Hengst war, war der Wolf ein erfahrener Jäger. Mit einer Pirouette stieg er über den Wolf und landete vor ihm, warf seinen Kopf nach vorne, bereit, ihn mit seinen Zähnen zu packen.

Der Wolf entkam knapp dem Maul von Lorenzo und knurrte ihm zu:

– „Du bist tapfer, Pferd, aber du wirst schneller müde als ich.“

– „Warum willst du mich töten? Ich wollte mich hier nur ausruhen.“

– „Moment mal! Ich wollte mit dir reden, aber du wolltest kämpfen!“

Jetzt standen sich beide Kontrahenten gegenüber, das Pferd schaumbedeckt und verschwitzt, der Wolf hechelnd mit tiefhängender roter Zunge.

– „Schließen wir Frieden und hören wir auf, uns wie Menschen zu benehmen.“

Der Wolf ließ sich auf den Boden fallen, Lorenzo roch den intensiven Dunst seines Fells. Obwohl sich die Spannung abbaute, war das Pferd unsicher, ob es dem Raubtier vertrauen konnte.

– „Junge, beruhige dich jetzt, ich liege nicht weit von deinen Hufen, was willst du mehr?“

Das Pferd schaute den großen Wolf an und sagte:

– „Gut, schließen wir Frieden.“

– „Endlich vernünftig! Ich heiße Eugen.“

– „Und ich Lorenzo.“

Sie schwiegen einen Moment, bis Lorenzo sich erneut meldete.

– „Eugen, ich habe einen fürchterlichen Durst!“

– „Ja, ich auch. Folge mir.“

Eugen lief vor Lorenzo in einem elastischen Trab auf einer Linie her und versuchte den Weg zu nehmen, auf dem das Pferd ihm am einfachsten folgen konnte. Lorenzo war es nicht gewöhnt, sich in einer so dichten Vegetation zu bewegen und war ziemlich ungeschickt, aber der Wolf wartete geduldig auf ihn. Endlich erschien eine Lichtung, welche von einem Bach durchtrennt wurde.

– „Da können wir trinken“ sagte Eugen, trat mit seinen großen Pfoten in den Bach und fing an, seinen Durst zu stillen. Vorsichtig näherte Lorenzo sich und trank ebenfalls ein paar Schlucke: Das Wasser war herrlich, frisch, kühl, erdig. Er genoss diesen neuen Geschmack, traute sich, mit seinen Vorderhufen zuerst ins Wasser zu steigen und dann die Hinterhufe nachzuziehen. Das kalte Wasser rauschte um seine Beine, erfrischte ihn, gleichzeitig spürte er die vereinzelten Sonnenstrahlen, die die Lichtung beleuchteten und seinen Rücken streichelten.

Eugen saß jetzt im Gras und beobachtete den Hengst, „Ein Prachtkerl,“ dachte er, „größer als ein Hirsch…“. Lorenzo war jetzt fertig, schaute zu dem Wolf, dessen Stimme wieder in seinem Kopf erklang.

– „Jetzt erzählst du mir, was du so tief im Wald suchst.“

– „Nach einer anstrengenden Reise mit dem Transporter war ich endlich am Ziel angekommen, wo die Frau, mein neuer Mensch, auf mich gewartet hat. Auf die Ruhe hatte ich mich so gefreut, aber dann erschrak ich wegen eines furchtbaren Krachs, von dem meine Ohren so wehgetan haben, dass ich mich von dem Halfter befreite und losgerannt bin, soweit ich konnte, um dem Lärm zu entkommen. Ich bin dann in den Wald geflüchtet, in dem es so schön ruhig ist, habe aber die Orientierung verloren. Ehrlich gesagt hatte ich auch nicht wirklich Lust, zurückzugehen, bin in eine Spalte reingegangen und weiter, immer weiter, bis auf die Lichtung, wo du mich entdeckt hast.“

– „Transporter, Halfter, Frau…??? Ich verstehe nicht ganz, was du erzählst. Was um Gottes Willen, ist ein Halfter?“

– „Wir Pferde werden in riesigen Kisten transportiert, die auf der Straße rollen, manchmal über kurze Strecken oder für eine längere Zeit. Die Menschen ziehen uns ein Halfter über den Kopf und mit einem Stricklein führen sie uns.“

– „Ihr lasst euch das gefallen?“

– „Eugen, du bist frei geboren, als Wildtier, wir nicht. Wir leben mit den Menschen, sie versorgen uns, sie benutzen uns, manchmal ist es gut, manchmal schlecht, eine Wahl haben wir keine, nur Glück oder nicht.“

– „Hm! Jetzt verstehe ich, warum du so gern in unserem Wald streunst, du bist endlich frei…“

– „Ja, so ist es. Zudem ist es hier so anders, als dort, wo ich herkomme, es ist magisch… Und du, erzähl von dir, ich habe noch nie einen Wolf gesehen und was ich von euch hörte… war nicht… prickelnd…“

– „Was hast du denn gehört?“

– „Soll ich es dir wirklich sagen?“

– „Ja, obwohl ich glaube, ich weiß es schon. Wir greifen Kinder an, reißen Schafe oder andere Tiere, aber wir fressen sie nicht, sondern tun das nur aus Spaß am Töten, also wir sind die bösesten Kreaturen der Tierwelt und das seit tausenden von Jahren. Richtig?“

– „Hm… ja, ungefähr. Stimmt es nicht?“

– „Nein, Blödsinn! Wir meiden die Menschen wie die Pest. Diese lächerlichen Zweibeiner, die schlecht riechen, passen nicht in unser Beuteschema, sie ekeln uns an. Und das mit ihren Tieren: Es ist bedauerlich, aber die Schafe rennen wie verrückt und sie triggern unser Jagdfieber. Es sind oft einzelne Wölfe, die das tun, ohne ein Rudel kann ein Wolf nur schwer überleben und kennt keine Regeln. Wohlbemerkt, ihre Hunde tun das öfters als wir, aber wir sind immer die Schuldigen. Im Prinzip gibt es genug Wild für uns und die Luchse, aber die Zweibeinigen wollen nicht mit uns teilen. Sie haben uns deswegen beinahe ausgerottet, es grenzt an ein Wunder, dass wir überlebt haben. Momentan scheinen sie hier ruhig zu sein, wir bleiben aber auf der Hut, vertraue niemals einem Menschen, Lorenzo!"

– „Leicht gesagt… Ob wir ihnen vertrauen oder nicht, spielt keine Rolle. Wir sind ihr Eigentum, wir müssen mit ihnen leben und ihnen dienen. Wir kommen in Gefangenschaft zur Welt und sterben in Gefangenschaft. Keiner von euch lässt sich von den Menschen zähmen?"

– „Tja… es gibt solche, die es akzeptieren, mit ihnen zu leben, nicht viele, Gott sei Dank, sie werden fast wie Hunde und verlieren ihre Wolfsseele, ich verachte sie sehr. Andere werden in Gehegen eingesperrt, sie resignieren… Einmal habe ich sie besucht, ich stand vor ihrem Zaun, sie dahinter. Sie leiden, möchten raus, haben aber verlernt, was es heißt, ein Leben als freier Wolf zu führen. Wir haben gemeinsam geheult, es war schön für sie, aber ich habe sie nie mehr besucht, es tut ihnen nicht gut, sie sind in diesem lebenslangen Gefängnis genug geplagt."

Die beiden Tiere unterhielten sich weiter, das Geräusch des Baches, das sanfte Licht auf dem Gras, alles um ihn herum brachte Lorenzo eine unbekannte Leichtigkeit. Er sah nach Eugen, der wieder am Trinken war. Ein Wolf, er sprach mit einem Wolf…

– „Lorenzo, wir können nicht ewig hier bleiben, ich muss zurück zu meiner Familie."

– „Was soll ich machen?"

– „Wir gehen zurück zum Weg und du galoppierst zu der Frau."

– „Ich weiß nicht, wo der Weg ist…"

– „Das kann ich dir zeigen."

Die mitfühlenden Bernsteinaugen starrten das Pferd an, das ihn an seine Brüder und Schwestern im Gehege erinnerte: gefangen, hilflos und der Willkür des Menschen ausgeliefert. Plötzlich wurde Eugen von einer tiefen Traurigkeit befallen, er wusste nicht, was er mit Lorenzo machen sollte, weil er spürte, wie das Pferd zwischen Angst und dem Ruf der Freiheit hin- und hergerissen war.

– „Ich könnte hierbleiben, es gibt Wasser und leckeres Gras."

Der Wolf grinste und Lorenzo nahm sein dunkles Lachen wahr.

– „Du machst Witze Junge! Jetzt ist es Tag, ich bin bei dir, aber nachts allein hier??? Die große Katze hat dich sicher schon gewittert, sie ist eine große Jägerin und du wärst eine tolle Mahlzeit für sie und ihre vier Jungen. Wenn nicht für sie, dann für die anderen Wolfsrudel. Wenn sie sich alle auf mein Revier wagen…"

– „Also gut, bring mich zurück auf den Weg."

Lorenzo hatte aber keine Lust, zurückzugehen, in eine Box eingesperrt zu werden und sein Leben weiter auf die gewohnte Art zu verbringen. Nicht nach diesem Erlebnis, nicht nach dem Treffen mit Eugen.

– „Wenn du möchtest, darfst du bei mir und meiner Familie bleiben, aber das Leben im Wald ist sicher nicht so gemütlich, wie bei dieser Frau."

– „Oh! Danke, Eugen, ich möchte so gern noch ein bisschen mit dir im Wald bleiben.“

– „Also, abgemacht. Ich bringe dich zu jeder Zeit zum Weg zurück, wenn du das möchtest. Folge mir!“

Wolf und Pferd machten sich gemeinsam auf den Weg. Es war eine Herausforderung für Lorenzo, mit Eugens Tempo mitzuhalten und das Dickicht, das immer dichter wurde, bildete für ein unerfahrenes, großes Tier eine Strapaze. Der Hengst schwitzte, fühlte die Dornbüsche und anderen Pflanzen an seinen Beinen und Flanken kratzen. Es dauerte eine Weile, durch diesen Dschungel zu gehen, die Lorenzo wie eine Ewigkeit erschien. Endlich erreichten sie einen sehr schmalen Weg, Lorenzo konnte viele Spuren von großen Pfoten auf der feuchten Erde sehen. Bald war eine Lichtung mit gefallenen Bäumen zu sehen, welche komplett mit Moos bedeckt war. Hinter einem Stamm sah Lorenzo mehrere spitze Ohren hervorragen, es war still, er blieb hinter Eugen, der jetzt die anderen Wölfe rief.

– „Schaut her, wir haben einen Gast, das Pferd Lorenzo!“

Nach und nach verließen die Wölfe ihre Deckung.

– „Einen Gast? Mir wäre eine Mahlzeit lieber…“

– „Ich habe Gast gesagt, Gregor!“

Lorenzo fühlte sich in der Mitte des Rudels unsicher, Eugen war der Größte, die anderen waren kleiner oder schmächtiger, außer einem, der fast dieselbe Statur wie Eugen hatte. Später erfuhr Lorenzo, es war dessen Lebensgefährtin. Eugens Stimme hallte in seinem Kopf:

– „Hab keine Angst, Junge, keiner wird dir etwas antun.“

– „Auch, wenn du nicht da bist?“

– „Auch, wenn ich nicht da bin.“

Dann sprach Eugen zum Rudel: „Lorenzo wird ein bisschen bei uns bleiben. Er ist tapfer, er hat sich im Wald verlaufen, wo wir uns kennengelernt haben. Keiner von euch darf ihn angreifen, er steht unter unserem Schutz.“

– „An ihm hätten wir viel zu fressen…“

Eugen ging ganz langsam zu Gregor, fletschte seine scharfen Zähne und knurrte, Gregor drückte sich flach auf den Boden und leckte Eugens Kopf.

– „Ist es jetzt klar, Gregor? Er ist unser Gast!“

– „Schon gut, Eugen.“

– „Lorenzo, komm her!“

Das Pferd ging neben Eugen und der Wolf stellte ihm seine Familie vor.

– „Das hier ist Wolodia, meine Lebensgefährtin. Hinter ihr verstecken sich unsere Jungen.“

Die Wölfin war heller als Eugen, ihre Augen hatten die Farbe von Gold, die Welpen betrachteten das Pferd vorsichtig mit Abstand. Die anderen Wölfe waren neugierig geworden.

– „Da sind meine Söhne und meine Tochter, Igor, Gregor und Wirginia.“

Keiner von ihnen hatte Bernsteinaugen wie ihr Vater, sondern sie waren hellgolden und alle hatten ein hellgraues Fell. Lorenzo war von den acht Paar Augen, die ihn anschauten, eingeschüchtert.

– „Willkommen bei uns, Lorenzo!“

In seinem Kopf krachte es vor lauter rauen Stimmen.

– „Danke euch!“

– „Ich werde euch später die Geschichte von Lorenzo erzählen, jetzt müssen wir das Revier erkundigen. Lorenzo, du bleibst bei den Welpen, es dauert eine Weile, bis wir zurück sind.“

– „Allein, mit den Kleinen???“

Lorenzo war nicht besonders erpicht drauf, allein mit ihnen zu bleiben… noch dazu hatte er Hunger…

In der Dorfwirtschaft

Der Gasthof „Zur Post“ lag mitten in dem Dorf, in dem Kira wohnte. Es war später Nachmittag, zwei Männer saßen am Stammtisch und unterhielten sich.

– „Das neue Pferd von der Kira ist in den Wald abgehauen, ich hoffe, sie wird ihn wieder finden“, sagte Sepp.

– „Mit den blöden Wölfen und Luchsen??? Die werden sich um ihn kümmern, rechne damit. Ich hoffe, irgendwann eines von diesen Viechern im Staatsforst zu sehen und dann Peng! Ein Wolf oder Luchs weniger.“

– „Franz, auch im Staatsforst sind sie geschützt, außerdem machen sie bis jetzt keine Probleme, was willst du denn, wir sehen sie nie?“

– „Es geht nicht um Probleme, Sepp, sie fressen uns die Hirsche und die Rehe weg. Die „Renaturierung“! Was für ein Schmarrn! Wir, die Jäger, hatten dieses Ungeziefer bis auf das letzte Tier geschossen, es war allemal erledigt, aber dann kommen diese saublöden Naturschützer und bringen alles durcheinander.“

– „Na hör mal! Die Wölfe sind allein aus dem Osten und

aus Italien über die Alpen zurückgewandert, und Mei, du tötest mehr Hirsche und Rehe als sie und essen tust du sie auch nicht, sondern verkaufst sie an die Metzger oder Gasthöfe. Naaa, soviel Wild fressen sie sicher ned."

– „Na, sag mal, seit wann bist du Naturschützer? Wir sind oft genug zusammen auf die Jagd gegangen und du knallst auch gern. Hast du eine St. Hubertus-Erscheinung erlebt?"

– „Du Depp! Natürlich nicht, aber ich habe eine Enkelin und einen Enkel, sie haben eine andere Meinung als wir."

– „Aber dein Sohn jagt doch, oder?"

– „Na, nicht mehr, wegen den Kindern. Letztes Weihnachten war großes Drama mit den Enkeln. Ich hatte meiner Schwiegertochter eine Rehkeule zum Braten gegeben. Die Kinder wussten das erst nicht, aber dann… Carmen bringt den Braten auf den Tisch und Lola fragt, was es ist. Ich sage ihr, es ist eine Rehkeule. Oh Gott! Sie fängt an zu heulen und kreischen, sie wird das niemals essen, wie können wir Tiere an Weihnachten essen, am Fest der Liebe… Tja, war auch saublöd, wir alle wussten, dass sie kein Fleisch, Fisch und frag mich nicht noch was alles nicht isst. Dann ist sie in der Küche verschwunden und hat Nudeln für sich und ihren Bruder gekocht. Wir haben die Keule gegessen. Danach hat sie von ihrem Vater verlangt, als Weihnachtgeschenk keine Tiere mehr zu töten."

– „Ihr seid doch bescheuert! Lass doch den Bua a paar Mal schießen, dann hat er Blut geleckt und streift mit dir durchs Revier. Wie alt ist der Schratz?"

– „Lola ist dreizehn und kein Schratz, bitte schön. Der Bua will gar nicht schießen und sie wollen nur die Tiere sehen, sie freuen sich über sie. Im Staatsforst gibt es nicht so viele wie im Nationalpark, deshalb gehen wir meistens dorthin."

– „Der Park! Das war auch ein Schmarrn. Was brauchen wir einen Nationalpark. Wir dürfen die Hirsche nicht schießen, aber die Herren der Verwaltung knallen sie regelmäßig ab."

– „Kann sein Franz, trotzdem gibt es mehr Tiere im Park zu sehen als in unserem Revier. Vor ein paar Wochen, ganz in der Früh, um fünf Uhr ca., sind wir dem riesigen Hirsch über den Weg gelaufen und er ist für ein paar Sekunden stehengeblieben. Lola hat ihn zuerst gesehen, die beiden waren ganz aus dem Häuschen von Freude."

– „Was? Du hast den Hirsch gesehen, den ich seit Jahren zu schießen versuche, den Scheißkerl!"

– „Franz, er lebt in Park, wo du nicht jagen darfst. Wenn sie dich erwischen, hast du deine Lizenz weg, es ist Wilderei."

– „Ach, komm! So a Depp bin ich doch nicht, mich erwischen zu lassen."

– „So dick ist sein Geweih auch nicht mehr, er ist alt."

– „Mir ist das Wurst, ich will ihn haben, ich habe einen Platz für ihn an der Wand. Geweihe habe ich genug, aber so ein großer Kopf ist doch etwas und ich werde ihn präparieren lassen."

– „Du spinnst, lass ihn doch in Ruhe! Sie kennen ihn in der Verwaltung, sie werden es bemerken, besonders wenn er an deiner Wand hängt."

– „Ich werde sagen, er ist dummerweise in meinem Revier spaziergegangen wie die Hirschkuh mit dem goldenen Fell… im Winter sperren sie die Hirsche ein, aber der Große war nie dabei."

– „Ach, ja, nun wir haben Sommer, die Hirsche bleiben im Park und wandern selten aus.“

– „Mal sehen, er ist mir bis jetzt immer entwischt, aber irgendwann werde ich ihn abknallen…“

– „Du bist krank! Der Hirsch ist klüger als du. Jetzt muss ich gehen, Pfiat Di!“

– „Pfiat Di, Sepp!“

Ein paar Touristen waren noch da, Franz schaute sein leeres Glas an.

– „Schorsch! Bring mir noch ein Helles, bitte!“

Beim Heimfahren dachte sich Sepp, dass es ein Fehler war, Franz von dem großen Hirsch zu erzählen.

Der große Hirsch

Das Rudel war zurück und die Welpen waren aufgeregt, ungeduldig sausten sie zu Wolodia. Die Wölfe rochen nach Blut, alle hatten Blutflecken auf ihren Fellen, was Lorenzo ekelte, der Blutgeruch erinnerte ihn an die toten Stiere. Auf dem Gestüt gab es auch Stiere, Kühe und Kälber auf der großen Weide. Es gab auch eine kleine Arena, wo sich die Pferde ab und zu frei bewegen durften. Manchmal haben José und die Männer einen sehr jungen Stier in die Arena gezerrt, wo junge Männer auf ihn warteten. Später haben sie mit dem Traktor das tote und blutige Tier rausgezogen, die Pferde waren alle still und tieftraurig. Der Geruch war für immer in seinen Nüstern geblieben.

Die Wölfe waren noch aufgebracht von der Jagd, er wagte nicht, sie anzusprechen. Wolodia fütterte die Jungen mit vorgekauten Fleischstücken, nach denen die Kleinen eifrig schnappten, dann verschwand jeder nacheinander und kam teilweise nass zurück, trocknete sich in der Sonne, vom Blut war nichts mehr zu sehen.

Lorenzo hatte immer noch Hunger, er hatte ein paar Büschel von der Lichtung probiert, das Gras hatte ihm jedoch nicht geschmeckt, zu viel Wolfshaare und Wolfsgeruch. Eugen ruhte neben Wolodia, als Lorenzo ihn ansprach.

– „Eugen, ich habe Hunger, ich brauche eine ordentliche Wiese... Könntest du mich zu einer führen?“

Der große Wolf drehte seinen Kopf.

– „Ach ja, ich hatte vergessen, du brauchst nicht eine Mahlzeit ab und zu, sondern immer wieder. Ich bin zwar müde, aber ich zeige sie dir. Nun, pass genau auf den Weg auf, denn du sollst allein zurückkommen.“

– „Ja, ich versuche es.“

– „Wenn was schief geht, ruf mich.“

Eugen streckte sich und schien noch größer zu werden, dann ging er langsam zum Rand der Lichtung. Diesmal lief er langsamer, Lorenzo konnte ihm besser folgen und sich den Weg besser merken.

– „Gefällt es dir hier, Lorenzo?“

– „Oh ja!“

– „Gut, ich gehe zurück, guten Appetit!“

– „Eugen!“

Der Wolf drehte sich um.

– „Ja, was ist Junge?“

– „Die große Katze... kann sie hierherkommen?“

Ein lautes Lachen erschallte in seinem Kopf.

– „Hier ist mein Revier, hier wagt sich niemand her, auch nicht die große Katze!“. Und Eugen verschwand im Busch.

Lorenzo war jetzt allein und schaute sich um, die Sonne stand nicht mehr so hoch am Himmel, es blieb doch angenehm warm im Wald, ein Specht hämmerte an einen Baum und andere singende Vögel durchdrangen die Stille. Er vertraute Eugen und mochte ihn, dennoch war Lorenzo klar, wie unterschiedlich der Alltag eines Wolfs und der eines Pferds verliefen. Er hatte nie für sich selbst gesorgt, das Futter kam selbstverständlich vom Pfleger in seinen Trog, aber jetzt stand er da, in einem fremden Wald, diesmal abhängig von einem Wolf… Er fing an zu fressen, er genoss jeden Halm, das Gras schmeckte wieder anders als auf der ersten Lichtung, wo Eugen ihn überrascht hatte. Er fraß langsam, machte kurze Pausen, während der er teilweise döste. Tief entspannt hörte er dann ein leises, knackendes Geräusch. Blitzschnell war er wach und drehte sich um, panisch suchte er nach der Ursache des Geräusches, sein Herz pochte, vielleicht doch die Katze! Er sah zuerst nichts, nur einen großen Schatten, der sich bewegte. Lorenzo wollte schnell zu Eugen zurück fliehen, dann erschien eine Gestalt: ein riesiger Hirsch. Nur sein Kopf und sein Hals standen im Sonnenlicht, sodass sein Geweih leuchtete wie eine goldene Krone. Der Hirsch schaute das Pferd an und in Lorenzos Kopf erschallte eine ruhige, tiefe Stimme.

– „Hallo Freund!“

Der Hirsch war jetzt aus dem Wald getreten, stand nicht weit von dem Pferd. Der Hengst war fasziniert, es war eine surreale, magische Erscheinung, wie vorher bei Eugen, so ein schönes Tier hatte er noch nie gesehen. Der Hirsch war fast genauso groß wie er, mit der gleichen rotbraunen Farbe, die großen hellbraunen Augen blickten friedlich und freundlich auf ihn.

– „Hallo!“, antwortete Lorenzo.

– „Ich wollte dich nicht erschrecken, noch weniger dich stören.“

– „Oh! Du störst mich überhaupt nicht, ich freue mich, ich heiße Lorenzo.“

– „Ich bin Alois.“

– „Entschuldigung Alois, darf ich weitergrasen, ich habe immer noch Hunger?“

– „Ja, natürlich, fressen wir zusammen.“

Beide Tiere widmeten sich eine Zeitlang dem Gras, man konnte das Rupfen der Halme wahrnehmen, die sie zu sich nahmen. Im Gegenteil zu dem Pferd, das völlig in sein Festmahl versunken war, hob Alois seinen gekrönten Kopf regelmäßig an, seine großen Ohren bewegten sich in alle Richtungen, um frühzeitig eine Gefahr zu wittern. Nach einer Weile waren Hirsch und Pferd satt, tranken noch am Bach und ruhten sich aus.

– „Was macht ein Pferd so tief in unserem Wald, noch dazu in dem Revier von Eugen dem Wolf?“

– „Ich hatte eine lange Reise hinter mir, dachte an frisches Heu und Ruhe, dann ertönte ein furchtbarer Lärm, meine Ohren waren wie zerquetscht davon. Von lauter Angst bin ich losgaloppiert, um diesen Geräuschen zu entkommen und bin weiter in den Wald geflüchtet. Irgendwann habe ich Eugen getroffen, ich dachte, er will mich töten und wir haben gegeneinander gekämpft.“

– „Du hast mit Eugen gekämpft??“

– „Ja, warum?“

– „Du bist in sein Revier eingedrungen!“

– „Ich wusste nicht, wo ich war und Eugen ist ein Wolf, ich hatte Angst um mein Leben!“

– „Ja, das verstehe ich. Er ist der größte Wolf des Waldes, es gibt noch zwei andere Rudel und ein paar einsame junge Wölfe, aber sie sind nicht so beeindruckend wie er.“

– „Dann haben wir Frieden geschlossen, seit heute bin ich für ein paar Tage sein Gast.“

– „Typisch Eugen! Ich stehe auch unter seinem Schutz, meine Nachkommen ebenfalls, niemand darf uns jagen.“

– „Auch nicht die große Katze?“

– „Teilweise. Sie würde niemals in Eugens Revier jagen und ich glaube, wir sind zu große Beute für sie, obwohl, wer weiß... Rehen und jungen Hirschen ist sie hinterher, Luchse sind raffinierte und flinke Jäger, sie jagen allein.“

– „Warum schützt dich Eugen?“

– „Es ist eine lange Geschichte.“ und Alois schaute zum Himmel.

– „Lorenzo, die Sonne geht langsam unter, du solltest zu Eugen zurück.“

– „Ja, aber in kurzer Zeit muss ich wieder fressen, die Wölfe werden schlafen wollen und was soll ich tun? Das Gras auf ihrer Lichtung ist ungenießbar... Und du, was machst du?“

– „Verstehe. Ich werde durch die Gegend streifen, es gibt viele schöne Plätze.“

– „Kann ich nicht bei dir bleiben? Oder sind die Plätze weit weg?“

– „Weit weg nicht, immer noch in dem Revier von Eugen. Nun, er muss wissen, dass du bei mir bleibst.“

– „Dann gehen wir ihm das sagen.“

Hirsch und Pferd machten sich auf den Weg, Lorenzo war fasziniert, wie geschmeidig und leise Alois sich bewegen konnte, er dagegen war immer noch unsicher, unbeholfen und musste sich den Weg erkämpfen. Sein langer Schweif hing an jedem Busch fest, inzwischen war die geflochtene Mähne frei, die Haare flatterten auf seinem kräftigen Hals und wurden von Ästchen gerissen. Alois war eins mit dem Wald, das gesamte Tier war an die Urnatur angepasst, aber Gott hatte das Pferd nicht für den Wald erschaffen.

Die Wölfe lagen teilweise faul herum oder spielten mit den Kleinen. Alois rief Eugen, der sofort aufstand und wartete. Alois erschien mit Lorenzo an seine Seite.

– „Alois, Lorenzo! Was ist los?“

– „Nichts Eugen, alles gut. Wir haben uns auf der Lichtung getroffen und…“

– „Und seid als Pflanzenfresser sofort beste Freunde geworden, nicht wahr? Hat Lorenzo mit dir gekämpft?“. Dann lachte der Wolf.

– „Ja, also nein, wir haben nicht gekämpft… und Lorenzo möchte die Nacht im Wald mit mir verbringen, er braucht immer wieder zu fressen, auch in der Nacht…“

– „Ja, Eugen, ich möchte euch nicht stören.“

– „Lorenzo, du bist frei, natürlich kannst du bei Alois bleiben, nur Alois, bleibe in meinem Revier.“

– „Klar. Ich bringe Lorenzo in der Früh zurück."

Lorenzo und Alois verließen das Rudel, verschwanden in Richtung der Lichtung. Es dämmerte gerade, die Vögel schwiegen und die Stimmung änderte sich schlagartig. Lorenzo war zum ersten Mal in der Nacht frei, er bemerkte, wie sich seine Sinne automatisch schärften und wie alle Pferde konnte er in der Nacht wunderbar sehen, was ihm Selbstvertrauen gab. Er fing an zu fressen, das Gras war an dieser Stelle des Waldes noch weicher und er schnaubte vor Genuss, als plötzlich eine Eule schrie. Der Nachtvogel ließ mehrmals seinen Gesang erschallen, bis in der Ferne ein anderer antwortete. Alois war auch am Fressen, hob immer wieder seinen Kopf und sah um sich.

– „Alois, es ist so schön hier zu sein."

– „Hast du keine Angst?"

– „Ein bisschen, aber die Vollkommenheit des Waldes überdeckt meine Angst. Weißt du, seit meiner Geburt stehe ich unter der Kontrolle von Menschen, es ist für mich gewaltig, frei zu sein, mit wilden Tieren zu sprechen… es gibt keine Worte, um dir meine Gefühle zu beschreiben."

– „Ich glaube, ich verstehe, was du sagen willst. Nun, hier gibt es auch Menschen, ganz befreit von ihnen sind wir nicht. Und böse sind sie auch… Eugen kann Menschen nicht leiden und hütet sich erfolgreich davor, mit ihnen zusammenzutreffen."

– „Was tun sie in diesem wunderbaren Wald?"

– „Viel tun sie, viel zu viel. Sie zerstören sein Gleichgewicht. Der Wald und seine Bewohner, egal welche, wollen in Ruhe und Frieden leben, aber sie mischen sich immer ein. Menschen sind Schädlinge, sagt Eugen."

– „Es gibt auch nette. Ich glaube, die Frau, bei der ich leben soll, ist eine davon. Die Arme, sie macht sich bestimmt Sorgen um mich…“

– „Es kann sein, Lorenzo, sie sind aber in der Minderheit. Sei ehrlich, wer war wirklich lieb zu dir seit deiner Geburt? Wer denn?“

– „Eigentlich keiner. Diese Frau wäre die Erste.“

– „Siehst du! Mit meinen Erfahrungen kann ich mich der Meinung von Eugen nur anschließen.“

– „Erzähl mal von dir, Alois.“

Eine schmale Mondsichel am klaren Himmel warf ein wenig fahles Licht auf die Lichtung, das Geweih von Alois schien aus Perlmutt zu bestehen, während die Rücken der beiden Tiere silbrig glänzten.

– „Ich bin nicht hier geboren, sondern in einem anderen großen Wald, nicht weit von hier. Meine Eltern waren beide sehr groß, das haben sie an ihren Nachwuchs vererbt, sie und meine Geschwister sind alle tot. Vielleicht lebt noch eine Schwester, ich habe sie aber seit Langem nicht mehr gesehen…“.

– „Warum sind sie alle tot?“

– „Gejagt, erschossen, ermordet. Von Menschen… Sie suchen sich immer die Schönsten und Größten unserer Art, aber sie schießen auch junge Hirsche, Hirschkühe, nicht nur die Größeren oder Älteren, alle sterben.“

– „Warum tun die Menschen denn so etwas Abscheuliches?“

– „Für nichts, Lorenzo, das ist das Schlimmste. Unsere

Seele, unsere Gefühle zählen nicht für sie, nur ihr Spaß am Töten und unsere Geweihe an ihre Wände zu nageln ist wichtig oder um unsere Population zu „begrenzen“.“

– „Oh Gott!“

– „Gibt es so etwas nicht in deinem Land?“

– „Doch, auch. Manchmal jagen sie sogar mit uns Pferden. Auf der Feria haben Pferde darüber gesprochen, sie waren nicht glücklich darüber. Was heißt „begrenzen“?“

– „Eine Erfindung des Menschen. Sie denken, sie stehen über uns und dürfen über die Natur, die Tiere bestimmen, wer und wie viele leben dürfen. Irrsinnig! Nur Gott weiß, die Natur regelt alles perfekt allein, weil eben Gott sie erschaffen hat. Sie provozieren nur Probleme und dann, ja, dann sind die Tiere schuld an ihrer Idiotie, sie töten uns, weil wir die Rinde von Bäumen abschälen, obwohl sie selbst so viele Bäume fällen. Weil die Rehe die jungen Setzlinge oder die Knospen fressen, müssen wir alle sterben. Was sie dabei vergessen, ist, mit ihrer Jagd und ihren immer größer werdenden Dörfern, haben wir keinen Platz mehr, wohin wir uns zurückziehen können, um zu überleben. Die Rehe und die Hirsche sind Tagtiere, wir haben aber Angst, uns bei Tageslicht zu zeigen, wir bleiben dann im Wald, wo es im Winter keine Wiesen gibt, die uns ernähren können. Es bleiben uns nur die Bäume. Und von Tagtieren sind wir zu Nachttieren geworden, um den Jägern zu entkommen und trotzdem massakrieren sie uns. Und sie sind so abartig, sie füttern uns mit Heu und anderem Zeug, das uns oft krank macht, damit wir nicht vor Hunger sterben, um uns später besser schießen zu können. Nun, es wäre in der freien Natur normal, würden nur die Robusten von uns überleben und sich deshalb später im Herbst paaren dürfen. Mit ihrer Jagd und ihrer Fütterung können die schwachen Tiere genauso wie die starken überleben, die sich danach paaren. Das heißt, es paaren sich viel zu viele und wir werden immer mehr, was natürlich wiederum diese Idioten stört, weil wir die Bäume fressen."

– „Aber die Wölfe?"

– „Die Wölfe und die Luchse sind erst seit kurzer Zeit wieder im Wald und können das natürliche Gleichgewicht noch nicht erhalten, sie sind nicht genug. Sie sind unsere Feinde, aber es ist mir lieber von ihnen getötet zu werden als von diesen hirnlosen Menschen. Mit den Wölfen haben wir eine faire Chance, weil wir nicht so einfach zu jagen sind. Die Schädlinge verstecken sich mit ihren Waffen, je nachdem wie der Wind geht riechen wir sie, aber sie sind hinterlistig und schaffen es, uns zu täuschen. Und das ist nicht alles, wir dürfen uns sogar nicht wirklich frei bewegen, besonders im Winter. Normalerweise würden wir den Wald verlassen und in die Täler wandern, was nach Gott unser Recht wäre, aber die Menschen nehmen immer mehr Land in Anspruch, ohne Rücksicht auf die anderen Lebewesen zu nehmen. Für uns haben sie eine Lösung gefunden: Sie locken meine Brüder und Schwestern mit ihren Kälbern mit Heu an und sie sperren sie dann bis zum Frühling ein. Meine Nachkommen sind nie in dieses Gefängnis gegangen und ich natürlich auch nicht. Sie hören nie auf, uns zu jagen, es ist unerträglich… sie haben alle meine Lieblingskühe getötet."

Lorenzo dachte plötzlich an Felia, wie furchtbar es wäre, wenn sie getötet werden würde.

– „Meine große Liebe hieß Smezara, wie ich kam sie aus dem anderen Wald, sie hatte eine ungewöhnlich schöne, helle Farbe, in der Sonne war sie wie vergoldet. Von allen anderen Hirschen war sie sehr begehrt, ich habe aber alle Kämpfe um sie gewonnen und bin den Schädlingen entkommen. Tja, sogar in der Brunftzeit schießen sie auf uns."

– „Was ist Brunftzeit?"

– „Die Zeit der Liebe, Lorenzo. Mit Smezara hatte ich wunderschöne Kälber, größer und kräftiger als die anderen. Manche hatten ihre Farbe, einmal war eines fast weiß, unser Aliocha, glücklicherweise lebt er noch, was ein Wunder ist. Leider wanderte Smezara gern mit den anderen Kühen und hat den Wald verlassen. Du musst auch wissen, dieser Wald ist geschützt, was die Menschen nicht daran hindert, uns zu jagen, trotzdem dürfen nicht alle kommen und uns abknallen. Im Dorf nahe dem Wald treibt sich ein schrecklicher Jäger um, seit unzähligen Frühlingen schießt er auf alle Tiere, besonders auf uns, sobald wir den Wald verlassen. Inzwischen kommt er auch hier in den Wald, was er nicht darf, ein hinterlistiger Kerl, der Schlimmste seiner Art. Er lauert permanent mit seinen Hunden im Dunst des Sonnenaufgangs. Und er hat meine Smezara getötet, einfach so, aus Spaß, wie im letzten Herbst den jungen Luchs. Die Luchse und die Wölfe waren von hier völlig verschwunden, bis zum letzten Tier gejagt. Dann haben die Menschen hier wieder Luchse angesiedelt, sie vermehren sich jedoch nur sehr langsam, die Wölfe sind von allein zurückgekommen. Für die Rehe und jungen Hirsche ist das nicht lustig, wir sind uns aber einig, dass wir lieber durch Luchse oder Wölfe sterben als durch Menschenhand. Ich weiß, dass dieser Trottel hinter mir her ist, aber im Revier von Eugen bin ich sicher, so tief in den Wald traut er sich nicht."

– „Erstaunlich, wie wisst ihr von allem, was hier passiert?"

– „Wir beherrschen eine universale Sprache, die Sprache von Gott, du sprichst sie auch, es gibt immer ein Tier, das etwas beobachtet hat und es weitererzählt. Ein Eichhörnchen hat gesehen, als der Kerl den jungen Luchs getötet hat, dann spricht sich das ganz schnell von Tier zu Tier rum. Ein Hermelin war bei Smezaras Tod anwesend. Aber Lorenzo, manchmal langweile ich mich und wandere ein bisschen…"

– „Alois, du sollst aber nicht, es ist zu gefährlich!"

– „Jaaa, ich weiß… Ich brauche das. Vor ein paar Tagen habe ich frühmorgens einen Mann mit Kindern gesehen. Das Weibchen hat mich entdeckt, sie waren friedlich und der Mann hatte kein Gewehr dabei."

– „Weiß Eugen davon?"

– „Bist du verrückt? Natürlich nicht und du sagst es ihm nicht."

– „Nein, aber du versprichst mir, vorsichtig zu bleiben."

Hirsch und Pferd verließen die Lichtung, wanderten zu einer anderen. Beide waren satt und Lorenzo war sehr müde, die Aufregung mit Eugen, die Begegnung mit dem Wolfrudel und die Überraschung durch Alois hatten ihn viel Energie gekostet. Nach und nach verschwanden die Sterne am Himmel, es wurde heller und Alois bracht Lorenzo zu den Wölfen zurück, die wieder unterwegs waren. Nur die Welpen streckten ihre Nasen unter dem gefallenen Baum hervor und blieben still. Das Pferd ließ sich langsam auf dem taugetränkten Boden senken und schlief eine Weile ungestört, bis das Rudel auf die Lichtung stürmte, geführt von Eugen und Wolodia. Lorenzo stellte fest, dass sie nicht nach Blut rochen, was ihn sehr erfreute. Die Welpen rannten zu Wolodia, die sie geduldig stillte.

Es war ein himmlischer Friede auf der Lichtung, der Sonnenaufgang sendete seine Strahlen durch die Bäume, es wurde heller und wärmer, der Wald erwachte. Die Vögel begannen einer nach dem anderen zu singen, ihr Zwitschern schallte durch die Luft, die neue Gerüche brachte. Lorenzo döste jetzt im Stehen am Rand der Lichtung, gleichsam rollten sich die Wölfe mit der Nase in ihrem Schwanz zusammen oder legten sich hin. Lorenzo konnte immer noch nicht glauben, dass er in der Gesellschaft von diesen Raubtieren bleiben durfte. Später wurden die Wölfe wach, bei Lorenzo erweckte der Anblick von Eugen, der sich streckte, einen endlosen Respekt. Der Wolf zeigte sich in seiner vollendeten Schönheit. Eugen ging dann zu ihm.

– „So, mein Freund, wie war deine erste freie Nacht in unserem Wald?"

Kira

Kira hatte schlecht geschlafen, Alpträume spielten die schlimmsten Möglichkeiten durch, die Lorenzo zustoßen könnten, sie sah ihn von Raubtieren zerfetzt werden bis hin zu ertrunken in einem See treibend oder schwer verletzt in einer Blutlache beim Sterben liegend. Sie entschied sich, zur Parkverwaltung zu fahren, schließlich unterstützte sie die Rückkehr von Luchsen und Wölfen und verfolgte die Zunahme der Tiere mit Begeisterung. Wegen ihnen waren Kameras im Wald aufgestellt worden, die die Bewegung der Wildtiere kontrollierten, so konnte man erforschen, welche Tierart Nachwuchs bekommen hatte oder ein neues Tier identifizieren. Die Kameras wurden regelmäßig angeschaut, Kira hoffte, dass Lorenzo an einer vorbeigegangen war, damit sie die Richtung seiner Flucht erfuhr. Leider war keine Kontrolle in der Woche geplant, was Kira sehr enttäuschte, vor allem weil das Pferd in diesem unbekannten Umfeld geringe Chancen hatte, seinen Weg allein zurückzufinden. Man versprach ihr, so schnell wie möglich eine Kontrolle zu machen und sie anzurufen.

Die Geschichte von Alois und Eugen

– „Schön war es mit Alois, ich würde gern diese Nacht wieder bei ihm bleiben…“

– „Vorsicht, Lorenzo, der Wind der Freiheit ist gerade dabei, dich einzuhüllen! Vielleicht wirst du nie wieder zu den Menschen zurückwollen.“

– „Vielleicht, Eugen, vielleicht… Alois hat mir erzählt, er kommt aus dem anderen Wald, wie du.“

– „Allerdings, er ist älter als ich, meine Eltern kannten ihn als jungen Hirsch, er ist ein Phänomen, der größte und älteste Hirsch des Waldes.“

– „Wie kommt es, dass keine Wölfe ihn jagen?“

– „Ach, Lorenzo, ein Hirsch wie Alois ist nicht so einfach zu jagen, wie du meinst. Er hat von seinen Eltern viel gelernt, die wie er sehr groß waren und kennt viele kluge Tricks, die ihn vor uns schützen, sein Nachwuchs genauso, obwohl es auch von der Hirschkuh abhängt. Sicher, eine Beute wie Alois ist ein Traum, aber für uns ist es nicht unwahrscheinlich, schwer verletzt oder getötet zu werden. Hat er dir von den Wintergattern erzählt?“

– „Ja, es ist so ungerecht.“

– „Hast du schon etwas von Menschen erlebt, das uns Tieren gegenüber gerecht ist? Ich niemals!“

– „Ich bin ein Pferd, wir leben mit ihnen. Es gibt böse und gute unter ihnen, aber sicher, sie fühlen sich uns überlegen und halten sich für klüger als wir, sie nutzen uns aus, manchmal skrupellos."

– „Manchmal??? Fast immer! Die Wildtiere werden nicht von ihrer Skrupellosigkeit verschont. Die Hirsche, Rehe, Wölfe, Luchse, Wildschweine, alle Tiere lebten in diesem Wald, lang bevor der Mensch ihn als seinen betrachtete. Die Krone der Schöpfung!"

Die Bernsteinaugen blitzten vor Wut und Zorn.

– „Erzähl weiter von Alois, Eugen, wie kommt es, dass er auf deinem Revier lebt?"

– „Es ist eine lange Geschichte… Alois war nie eine längere Zeit hier, er pendelt immer wieder zwischen unserem alten Wald und dem Park hin und her."

– „Warum bist du nicht in deiner Heimat geblieben?"

– „Wir kehren fast immer im Winter dorthin zurück, weil sie eben die Hirsche einsperren und es weniger Beute für uns gibt, aber sie sperren die Hirsche auch in dem anderen Wald ein. Nun, irgendwie finden wir mehr zu fressen, das erzähle ich dir ein anderes Mal. Also, Alois war gern überall und nirgendwo, besonders in der Brunftzeit war er sehr viel unterwegs, um sich mit den schönsten Hirschkühen zu paaren, er wusste von der Gier des Jägers auf seine Krone, die früher noch viel beeindruckender war als jetzt."

– „Das kann nicht sein!"

– „Oh, doch! Du siehst den alten Alois, der immer noch imponierend ist, aber jünger… er war… ja, er war wie ein Löwe. Sein Hals war dicker und die Haare darauf dichter, sein Geweih mächtiger, auch sein Rücken war vom Widerrist bis zum Schwanz gerade, nicht wie jetzt mit diesem Loch am Widerrist, ein Zeichen des Alters. Ein edles Tier Lorenzo, sogar mehr als edel. Er brauchte nicht viel zu kämpfen, um die Hirschkühe zu erobern, alle hätten gern Nachwuchs von Alois gehabt, aber Alois suchte sich die Größte unter ihnen aus und so hat er Smezara getroffen. Eine wunderschöne Hirschkuh, genauso groß wie er, mit einer unglaublichen Fellfarbe, ganz hell, die bei Sonnenschein im Sommer wie aus Gold gegossen schien. Die Nachkommen ähnelten ihren Eltern, groß und kräftig, eines war sogar fast weiß, was für ihn kein Vorteil war, man konnte ihn von Weitem sichten."

– „Lebt er noch?"

– „Ja, im alten Wald, unglaublich… Hirsche sind nicht treu, Alois hat sich mit vielen Hirschkühen gepaart, aber trotzdem war Smezara seine Liebste. Sie war viel mit anderen Weibchen und deren Kälbern unterwegs, nie hat sie ihre Kälber in das Wintergefängnis geführt. Eine Kluge, die Smezara, aber ihr Drang, überall hin und her zu wandern ist ihr zum Verhängnis geworden. Sie ist kurz in den Staatsforst gegangen… der Übelste hat sie geschossen, die anderen sind in Panik zurück in den Park geflohen, es war schlimm für Alois."

– „Wer ist der Übelste?"

– „Ein Jäger der schlimmsten Sorte. Er lauert den schönsten Tieren auf und tötet sie, selbst im Park wildert er. Nach dem Tod vom Smezara ist Alois verschwunden, nicht einmal für die Brunftzeit ist er zurückgekommen. Monate danach traf ich ihn in meinem Revier, ich hatte großen Respekt von ihm, trotzdem lasse ich ungern zu, dass man mein Revier einfach durchkreuzt. Ich versuchte ihn mit Knurren zu erschrecken. Nichts, er blieb stehen. Dann hörte ich seine Stimme: „Bitte, töte mich!"

– „Nein!"

– „Doch, er war mager geworden und in seinen Augen konnte man seine Verzweiflung lesen. Ich war hin und her gerissen, mein Rudel hätte sich so über die große Beute gefreut, Wolodia hatte viele Welpen bekommen. Vielleicht war ich zu feige, ich weiß es nicht, ich brachte es nicht übers Herz, diese edle Kreatur zu töten, stattdessen habe ich mit ihm geredet. Er hat mir seinen Kummer erzählt, von seiner Angst, von dem Übelsten geschossen zu werden, und sein Ekel, dass sein Geweih an einer Wand hängen könnte. Er war nur noch ängstlich, ein Schatten seiner selbst.“

Eugen machte eine Pause, schaute in die Weite, die Erinnerungen schienen ganz frisch zu sein.

– „Und dann?“

– „Dann habe ich ihm vorgeschlagen, auf meinem Revier in Sicherheit zu leben und seinen Nachwuchs in Ruhe zu lassen. Blödes Versprechen, sie sind fast alle von den Jägern getötet worden, sie suchen sich immer die Schönsten und die Größten aus, ohne Rücksicht auf die Konsequenzen für die Erhaltung der Tierart. Einfach Schädlinge…“

Eugen schwieg, Lorenzo bemerkte, wie tief der große Wolf getroffen war. So unglaublich es war, Eugen mochte Alois sehr gern. Ein seltsamer Wolf und ein ungewöhnlicher Hirsch.

– „Alois verlässt oft in den Morgenstunden mein Revier, viel zu oft… er bleibt im Park, nun der Übelste treibt sich mit seinen Kötern herum. Ich kann Alois nicht verbieten, das zu tun, ich ahne aber, dass es nicht gut enden wird.“

– „Sag das nicht Eugen! Bitte, nicht!“

– „Lorenzo, das Leben könnte für die Wildtiere so schön sein, die Natur hat an alles gedacht, jedes Lebewesen hat seinen Platz, seine Berechtigung, nichts ist zufällig da. Die Tiere, die Pflanzen, alles ist von Gott aufeinander abgestimmt, wären die Schädlinge nicht da. Vielleicht hat Gott sie auch erschaffen, ich zweifle dran, weil sie so böse mit uns und den Pflanzen sind, aber nicht nur uns gegenüber, sie sind sogar böse untereinander und gegenüber ihren eigenen Tieren. Weißt du, jedes Tier trägt in seinem Gedächtnis die Geschichte seiner Art, wir, die Wölfe, wissen, wie die Schädlinge uns fast ausgerottet haben. Es ist in unserer Genetik verankert, deshalb meiden wir jeden von ihnen und verstecken uns, so gut wie wir können. Ihre Schafe und Ziegen, die von einzelnen Wölfen manchmal getötet werden, sind nicht zu beneiden. Ein Hase hat mit ihnen gesprochen und erfahren, wie ihre Kleinen plötzlich in einer rollenden Kiste verschwinden."

– „Ja, Pferde verschwinden auch so, wenn sie uns nicht mehr wollen."

– „Der Hase hat dem Eichhörnchen erzählt: Wenn ich ein Schaf wäre, würde ich lieber von einem Wolf getötet werden als von einem Schädling. Es ist ehrenvoller und schneller."

Die Wölfe waren inzwischen alle wach, gähnten und streckten sich, Igor kam zu Eugen und Lorenzo, der Tag ging langsam zu Ende.

– „Eugen, wir sollten bald zur Jagd aufbrechen, wir haben Hunger."

Der Hengst schaute seine Freunde an und sagte:

– „Ich gehe zu der Lichtung und verbringe die Nacht mit Alois."

– „Sei vorsichtig, bis morgen!"

In der Parkverwaltung

Die Verwaltung hatte Kira Bescheid gegeben, dass sie die Kameras kontrolliert hatten und Lorenzo zwei Mal gesehen haben. Kira war nervös beim Betreten des Büros, sie erhoffte sich viel von den Aufnahmen.

– „Also Kira, dein Pferd ist an zwei Kameras vorbeigelaufen, es hat schon den Hauptweg verlassen und sich in Richtung Norden bewegt, wo die zweite Kamera ihn gefilmt hat."

– „Wann war es?"

– „Am Tag seines Verschwindens. Wo es sich jetzt befindet, können wir nicht sagen, auf den anderen Kameras, die weiter östlich sind, ist es nicht vorbeigelaufen. Wie du weißt, dringen wir nicht tiefer als nötig in den Wald ein und der Nordteil mitsamt seinem Wild wird sich selbst überlassen."

– „Es sind jetzt fast zwei Wochen vergangen, seit Lorenzo weg ist…"

– „Tja, obwohl dein Lorenzo größer als ein Hirsch ist, könnte er theoretisch von den Wölfen angegriffen werden, oder den Luchsen."

– „Ich glaube es nicht."

– „Deine lieben Wölfe sind Raubtiere, Kira, eine Beute bleibt eine Beute für sie, aber vielleicht hat es Glück und stolziert unbekümmert durch den Wald. Wenn es auf unseren Kameras auftaucht, melden wir uns."

– „Ja, Danke, Pfiat euch."

Kira verließ das Büro mit Tränen in den Augen, wie konnte es sein, dass ihr Pferd sich so lange unsichtbar im Wald umherbewegte? Sie spürte, dass Lorenzo nicht tot war. Trotz ihrer Angst, ihn für immer zu verlieren, hielt sie in sich die Hoffnung und das Vertrauen aufrecht, ihn wiederzusehen.

– „Es war nicht nett, ihr Angst mit den Wölfen zu machen… sie ist eine liebe Frau und sie hat uns mehrmals mit dem Wild geholfen."

– „Ach, komm! Klar ist sie nett, aber diese Tierschützer denken immer wieder, die Wildtiere sind kuschelig, diese Illusion muss man ihnen wegnehmen."

Es war aber nicht nur Lorenzo, der gefilmt worden war…

– „Sag mal, wir sollten dem Chef sagen, wer sich illegal im Park herumtreibt."

– „Habe ich schon, er ist ziemlich sauer. Der Franz streift fast jeden Tag im Park umher, hat mir der Sepp erzählt, er sucht den großen Hirsch. Ich habe ihn zur Rede gestellt, er sagte, er spaziert nur, er jagt nicht… von wegen, auf dem Film sind doch seine Flinte und die Hunde zu sehen. Wegen der Wölfe… im Falle einer Attacke…"

– „Ich kann den Typ nicht leiden, hinterfotzig und gestört. Der alte Hirsch lebt schon so lange hier und so schön ist er auch nicht mehr."

– „Na ja, sein Kopfschmuck ist noch gewaltig."

– „Na und? Weißt du, wie viele Geweihe der Typ an seinen Wänden hat? Brutal! Meine Frau hat mit seiner beim Einkaufen gesprochen, sie hat das so satt mit seinen tausenden Geweihen und ausgestopften Tieren zu leben, es ist wie ein Friedhof."

– „So viele?"

– „Ja, so viele. Jetzt ist er ein alter Sack, aber früher ist er sogar nach Afrika oder Amerika geflogen, um einen Elefanten, einen Wasserbüffel, ein Bison oder frag mich nicht noch was zu schießen. Was das gekostet hat! Die Frau kann seine Jagdhysterie nicht mehr ertragen, meine Frau sagte, die Stimmung zwischen den beiden soll ganz schlecht sein."

– „Ist Wurst und es hilft uns nicht."

– „Eins sage ich dir: Mir macht es keinen Spaß, die Hirsche zu regulieren und ich hoffe, die Wölfe werden das irgendwann für uns erledigen."

– „Es wird aber dauern, es gibt nur zwei kleine Rudel und viel zu viele Hirsche."

Wen die Männer nicht kannten, war das dritte Rudel von Eugen…

– „Mal sehen. Der Chef will ihn wegen Wilderei anzeigen, wir haben aber keine Beweise, außer den Kameraaufnahmen. Seit der Tötung des jungen Luchses ist er auf Kriegsfuß mit dem Kerl, er ist überzeugt, dass er es war. Und schließlich darf er im Park nicht mit seiner Flinte und den Hunden rumlaufen, Wölfe hin oder her, es ist verboten."

In der Wirtschaft

– „Hast du den Großen mit deinen Enkeln nochmal gesehen, Sepp?"

– „Franz, falls wir ihn sehen, werde ich mich hüten, dir das zu sagen. Verabschiede dich von der Idee, dieses Tier zu erschießen. Du kannst noch genug im Staatsforst knallen, obwohl… lass ihn doch in Ruhe. Außerdem gehört er zum Park und du hast da nichts zu suchen."

– „Na, Sepp, du wirst aber ein richtiger Tierschützer, pass

auf, bald wirst du Veganer! Ha! Ha! Ha!“

– „Blödsinn! Eins sage ich dir, die Verwaltung weiß, dass du dich im Park rumtreibst, und den jungen Luchs haben sie nicht vergessen.“

– „Wovon sprichst du? Welchen jungen Luchs?“

– „Hör mal, jeder weiß, dass du den Luchs geschossen hast.“

Franz grinste und schaute Sepp in die Augen.

– „Ist mir Wurst, was ihr denkt. Egal wer den Luchs erledigt hat, es ist gut so.“

– „Du hast keine Kinder bekommen, wenn du aber welche gehabt hättest und jetzt auch Enkel, würdest du vielleicht anders darüber denken.“

– „Meine Kinder und Enkel hätte ich zu Jägern gemacht…“

– „Mein Sohn war Jäger, sein Sohn wird es nie werden und Wilderei hat er auch nicht gemacht, genauso wie ich.“

– „Pass aber auf, was du sagst!“

– „Sonst was? Ich sage dir noch einmal, lass den Hirsch in Ruhe, die Verwaltung ist hinter dir her und sie werden nicht tolerieren, dass man im Park mit Wildwest-Manieren die Tiere schießt. Pfiat Di!“

Sepp war aufgestanden und verließ mit schnellen Schritten den Gasthof, unter den verachtenden Blicken seines Kumpels.

Das neue Leben von Lorenzo

Alois und Lorenzo waren jetzt jede Nacht zusammen unterwegs, Lorenzo hatte seinen Rhythmus gefunden: Am Tag ruhte er sich mit oder ohne das Rudel aus, vergnügte sich auf der Lichtung in der Nähe der Wölfe, unterhielt sich mit Eugen und beobachtete, wie lieb die Wölfe den Kleinen gegenüber waren. Die harmlos anmutenden Spiele der Welpen waren eigentlich eine präzise Erziehung und Vorbereitung für ihre zukünftigen Jagdausflüge und dazu gedacht, ihr Überleben zu ermöglichen, hatte Eugen ihm erklärt. Die Nächte, die er mit Alois verbrachte, brachten ihm viel über das Leben in der Wildnis bei, er war agiler, flinker geworden, er konnte sich inzwischen fast so fließend wie Alois und Eugen bewegen und war ganz stolz darauf. Nur seine langen Haare blieben ein Problem und hingen an jedem Ast fest.

Inzwischen kannte er auch alle Wege und verließ niemals das Revier von Eugen. Er wusste nicht ganz genau, wie lange er schon im Wald lebte, es war so spannend und er liebte seine Gespräche mit dem Hirsch und dem Wolf. Die absolute Abneigung beider, sogar den Hass von Eugen auf die Menschen, konnte Lorenzo gut verstehen, anderseits wusste er, ein Pferd fühlt reine Liebe in seinem Herz und wurde selten von Hass gesteuert. Im Wald entfaltete sich sein Wesen vollkommen und er durfte unbeschwert in seinen natürlichen Schwingungen leben, was er in Anwesenheit von Menschen nicht konnte. Er spürte auch, wie hoch die Wölfe und Alois schwangen, eigentlich schwang der ganze Wald, brachte ihm eine Leichtigkeit, die es ihm erlaubte, die Atmung des Waldes aufzunehmen und sich von der göttlichen Quelle berieseln zu lassen.

Es war jetzt Ende August, Lorenzo bemerkte, wie die Erde langsam und stetig anders roch, es war nicht mehr Sommer. Die Tage wurden kürzer, es war schneller dunkel, die Nächte kühlten ab und die Vogelgesänge verstummten. In seiner Heimat wäre es noch heiß, er kannte diesen plötzlichen Temperaturwechsel nicht. Mehrere Tage hatte es ununterbrochen geregnet, der Wald hüllte sich in eine düstere Stimmung, die Wölfe hatten sich deswegen auf ein anderes Gelände zurückgezogen, wo sie sich vor dem Unwetter besser schützen konnten. Große Steinblöcke, die chaotisch übereinander und ineinander gestapelt waren, boten trockene Plätze in Form von großen Löchern oder Dächern, unter denen sie sich versteckten. Eugen wusste, dass das Pferd ihnen auf dieses Gelände nicht folgen konnte und ließ ihn in der Obhut von Alois.

Endlich schien die Sonne wieder, die Wölfe und der Hengst waren zurück auf der alten Lichtung. Zur großen Verzweiflung von Lorenzo jagten die Wölfe nun intensiver, egal ob in der Früh oder in der Nacht, Wolodia nahm jetzt ihre Jungen mit, deshalb blieb er oft ganz allein. Alois hatte ihm leckere Beeren gezeigt, besonders die Brombeeren schmeckten ihm und er suchte sie, wenn die Wölfe unterwegs waren. Er beobachtete, wie Alois Fell dichter wurde, auch bei den Wölfen schien etwas im Gange zu sein, das Gesicht von Eugen war dunkler geworden, sein Körper genauso, die roten Haare hinter seinen Ohren buschiger, was ihn insgesamt noch größer erscheinen ließ. Vor ein paar Tagen hatten die Wölfe in der Nacht geheult, es war neu und beängstigend für das Pferd gewesen, aber Alois hatte ihn beruhigt. Es war ihm unheimlich, aber der Hirsch brachte Lorenzo an eine verdeckte Stelle, um die Wölfe heulen zu sehen, das Dickicht ließ die beiden Tiere unsichtbar werden. Das Rudel stand nebeneinander, die Köpfe zum Himmel gewandt und aus den Kehlen der Wölfe sprudelte dieser seltsame Gesang: Zuerst fing Eugen an, nach und nach stimmten die anderen in sein Lied ein, sogar die Jungen waren dabei und brachten einen Chor voller Harmonie mit unterschiedlichen Tönen und sogar Oktaven hervor, der im

Wald widerhallte.

– „Warum tun sie das?“

– „Ich weiß es nicht genau, du solltest Eugen fragen.“

Das Pferd fühlte die Metamorphose des Waldes jeden Tag mehr, nicht nur die Kälte und die früher einsetzende Nacht ließen ihn erstaunen, manche Bäume waren nicht mehr grün, ihre Blätter nahmen unterschiedliche Farben an, von rötlich bis gelb, wurden trocken und fielen nach und nach ab. Es bildeten sich Lücken in den Baumwipfeln, mehr Licht drang hinunter, aber die Sonnenstrahlen verloren an Kraft und wärmten das immer noch glatte Fell von Lorenzo nicht mehr so stark.

– „Eugen, ihr habt gestern gesungen, warum tut ihr das?“

– „Es macht uns einfach Spaß, gestern waren meine Jungen zum ersten Mal aktiv beim Jagen und waren ganz tapfer, das sollten wir feiern.“

– „Ja, sie sind groß geworden.“

– „Im Frühjahr werden neue Welpen kommen. Von dem vorletzten Wurf hat nur Wirginia überlebt. Mal sehen, ob diese Jungen nächstes Jahr noch da sind.“

– „Wer bringt deine Jungen um?“

– „Niemand, Lorenzo, niemand. Manchmal werden sie krank und sterben einfach oder sie holen sich eine fatale Verletzung beim Jagen, weil ihnen noch viel Erfahrung fehlt. Sie verlassen auch das Rudel und wer weiß, wie lang sie ohne seinen Schutz durchhalten. Wolf zu sein ist ein harter Job! Außerdem haben wir nicht genug Platz, mein Revier ist das größte, aber die anderen beiden Rudel teilen sich eine relativ kleine Fläche. Wir sind auch sehr hart unter uns, wenn es ums Revier geht, es geht um unser Überleben."

– „Hier scheint es aber ruhig zu sein?"

– „In diesen Teil des Waldes kommen die Schädlinge nicht. Du bist richtig weit gekommen, Lorenzo."

– „Warum bist du nicht in dem anderen Wald geblieben?"

– „Es gibt dort mehrere Rudel, Wolodia und ich wollten es etwas ruhiger für unsere Jungen. Im Winter pendeln wir hin und her, es ist nicht so einfach, die Hirsche zu finden, sie sind von den Schädlingen eingesperrt, in beiden Wäldern. Wolfsrudel haben strenge Regeln, es sichert das Überleben unserer Gruppen, unserer Art sogar. Schau dir die armen Hirsche an, sie dürfen den Park nicht verlassen, wenn sie das tun, wie Smezara das getan hat, werden sie getötet. Alois hat noch eine normale Größe, die anderen sind viel kleiner, sie vermehren sich untereinander. Es sind auch nicht mehr nur die Gesündesten, die überleben, sondern auch die Schwachen, die die Natur nicht am Leben lassen würde. Gott hatte andere Pläne, als er die Hirsche erschaffen hat, den Schädlingen ist Gott egal, es sind misslungene Kreaturen."

– „Du denkst düster, es macht mich traurig…"

– „Ach, Lorenzo! Bin ich nicht, ich sehe nur die bittere Realität. Wir können hier länger bleiben, weil die Schädlinge nicht wissen, dass wir da sind. Sie denken, sie sind so klug, hängen komische Boxen an den Baumstämmen auf, aber die Eichhörnchen haben erzählt, sie kommen regelmäßig mit einer anderen flachen Box, um sie anzuschauen, und in der flachen Box konnten sie den Luchs, die Wölfe, die Füchse, die Dachse, jedes Tier sehen. Sogar Alois haben sie gesehen, sie scheinen uns durch diese Dinger zu beobachten."

– „Es ist doch nichts Böses."

– „Das Böse ist menschlich, man weiß nie, was sie gegen uns ausbrüten, deshalb bleibt mein Rudel fern von diesen Boxen, wir wissen, wo sie sind und gehen nicht an ihnen vorbei."

Der September neigte sich dem Ende zu, Lorenzo streifte weiter jede Nacht mit Alois umher, er bemerkte, wie ihm die Kälte zu schaffen machte, er fror manchmal bereits tagsüber und suchte die Sonnenflecken auf der Lichtung auf, wo das Gras immer weniger üppig wurde. Außerdem taten ihm die Hufe weh, seine Eisen hatte er noch nicht verloren und sie drückten ihn. Er wollte durchhalten, noch lange im Wald mit Eugen und Alois bleiben, dennoch wurde ihm langsam klar, dass er als Pferd den Winter im Wald nicht überleben konnte. Eine Nacht fiel der erste Schnee, Lorenzo hatte noch nie Schnee gesehen, er bewunderte das feine Pulver, welches die Bäume bedeckte, es war aber bitterkalt. Am Tag strahlte wieder die Sonne, der Puder schmolz und ließ tausende von Wasserperlen zurück, die wie Diamanten an Ästen, trockenen Gräsern oder Blüten hingen. Der Wald blieb immer schön, egal zu welcher Jahreszeit. Der Hengst ruhte sich mit den Wölfen aus und entschied sich, mit Eugen zu sprechen.

– „Eugen, ich glaube, ich muss euch bald verlassen…"

– „Lorenzo, ich denke es auch. Ich bemerke, dass du zu viel frierst und es ist noch nicht einmal Winter, sondern erst Herbst… Und Hunger hast du auch, nicht wahr?"

– „Ja, das Gras wächst nicht mehr so gut, ich werde nicht satt genug und meine Hufe tun mir weh wegen der alten Eisen. Ich möchte noch diese Nacht mit Alois verbringen und mich dann von ihm verabschieden, morgen könntest du mir den Weg zu meinem Mensch zeigen."

Am Abend zog sich Lorenzo mit Alois zurück und teilte ihm seine Entscheidung mit, zurück zu den Menschen zu gehen.

– „Ich verstehe dich, ich werde dich sehr vermissen, du bist eine feine Kreatur, ich war gern mit dir unterwegs.“

– „Alois, ich gehe nicht verloren, ich werde dich immer wieder besuchen kommen, vielleicht diesmal nicht so lang bleiben, aber wir werden uns wiedersehen.“

– „Dein Glaube ist eine Illusion für uns Wildtiere. Wir können von einem Tag auf den anderen verschwinden, ein Unfall, eine Krankheit oder von einem Schädling gejagt, alles ist möglich. Ich bin alt, meine Zeit ist gezählt.“

– „Sag das nicht!“

– „Doch Lorenzo, Gott hat uns für das Leben erschaffen, aber auch für den Tod.“

Hirsch und Pferd verbrachten die Nacht mit langen und tiefen Gesprächen, Fressen war nicht mehr so wichtig. Lorenzo erfuhr, wie die Hirsche ihre Körperfunktionen verlangsamen können, um die Kälte und den Hunger zu ertragen. Sie bewegen sich und fressen so wenig wie möglich, so sparen sie ihre Energie.

– „Uns in dieses Gefängnis zu sperren und uns mit Heu vollzustopfen, ist weit entfernt von unserer Natur.“

In der Früh kehrte das Pferd zu dem Rudel zurück, die Wölfe waren gerade von der Jagd wieder da, rochen nach Blut. Obwohl Lorenzo den Geruch so oft aufgenommen hatte, hatte es ihn jedes Mal angewidert.

– „Ich werde dich später zum Weg bringen, Lorenzo, der Übelste treibt sich in der Morgendämmerung mit seinen

Hunden herum, die Eichhörnchen beobachten ihn, sagen Bescheid, wenn die Luft rein ist."

– „Die Eichhörnchen sind weit weg, Eugen, wie können die dir etwas mitteilen?"

– Alle Tiere im Wald kommunizieren miteinander, wir sind solidarisch gegen die Schädlinge, egal welche Distanz, die Nachrichten verbreiten sich und die Eichhörnchen sind die besten Boten. Jetzt erholen wir uns, der Weg ist weit und schwierig für dich."

Lorenzo war mehr als traurig, die Wölfe zu verlassen, besonders Eugen hatte sein Herz erobert, genauso wie Alois war er weise und überlegt.

– „Ich werde euch und Alois sehr vermissen. Wann geht ihr in den anderen Wald?"

– „Wenn die Hirsche eingesperrt werden. Du musst auch wissen, wir jagen nicht nur die Hirsche, sie sind unsere Lieblingsbeute, aber sie sind auch gefährlich für uns. Mein Vater ist von einem Hirsch getötet worden und er war ein großer Jäger mit viel Erfahrung, trotzdem war der Hirsch schneller. Ich kann dir sagen, als ich das erste Mal Alois getroffen habe, hätte ich niemals versucht, ihn allein anzugreifen. Es wird immer schwieriger, wir jagen auch die Wildschweine, aber momentan haben die Schädlinge etwas gegen diese Tiere und sie werden richtig dezimiert. So viele Wildschweine können sie doch nicht fressen, oder? Das heißt, sie rauben uns nochmal Beute, die für uns überlebenswichtig ist, besonders im Winter."

Es war ein schöner, sonniger Tag mit trockener, kalter Luft, endlich hatte der Übelste den Wald verlassen, Eugen und Lorenzo machten sich auf den Weg. Der Wolf trabte vor dem Pferd her, hob ab und zu ein Bein an Bäume, Büsche oder Steine, um sein Revier zu markieren. Lorenzo folgte ihm langsam, er war von der weiten Strecke, die er allein vor zwei Monaten zurückgelegt hatte, überrascht. Eugen nahm einen anderen Weg, Lorenzo wartete auf den Korridor zwischen den Steinmauern.

– „Eugen, ist der Korridor noch weit entfernt?“

– „Wir werden den Korridor nicht nehmen. Er ist unsere versteckte Strecke und soll nicht zu viel betreten werden. Mit deiner Größe war es nicht gut, ihn zu benutzen, du konntest es aber nicht wissen. Versuch diesen Weg gut in Erinnerung zu behalten, wenn du nochmals zu uns kommen willst.“

Die beiden Tiere marschierten noch eine Weile, bis Eugen plötzlich stehenblieb.

– „So, Lorenzo, jetzt musst du allein weiter, es wäre zu gefährlich für mich, dich in diesen Teil des Waldes zu begleiten.“

– „Werde ich mich nicht noch einmal verlaufen?“

– „Nein, es ist nicht mehr weit von dem Hauptweg entfernt, von hier gehst du immer geradeaus runter, du überquerst einen kleinen Bach, dann noch ein bisschen runter und du bist auf dem Hauptweg. Du wirst ihn wiedererkennen und das Haus finden, wo du gestartet bist.“

– „Ich danke dir Eugen, es war wunderschön mit dir, ich habe so viel gelernt. Pass auf dich, das Rudel und Alois auf, ich werde nach dem Winter wieder kommen. Gott segne euch.“

– „Ich habe auch von dir etwas gelernt. Komm zurück, wann du willst, du bist immer willkommen. Jetzt aber los Lorenzo!“

Das Pferd schaute ein letztes Mal in die Bernsteinaugen, dann drehte sich Eugen um und mit einem Sprung entfernte er sich schnell von Lorenzo. Mit einem schweren Herz lief er allein weiter und war bald auf dem Hauptweg. Im Wald konnte er nicht galoppieren, höchstens traben. Um der Kälte zu entkommen, galoppierte er, sobald er den Wald verlassen hatte, bis er von Weitem das Dach von Kiras Haus sah.

Kira und Aramis

Kira war gerade dabei, den Platz auszumisten, Aramis schaute ihr zu, er hatte aber das Geräusch von einem galoppierenden Pferd seit Langem gehört und drehte den Kopf. Er sah Lorenzo zuerst und wieherte, der Hengst antwortete mit seiner tiefen Stimme. Kira konnte nicht glauben, was sie sah: ihr Pferd!

– „Lorenzo!“. Sie lief schnell zu ihm und umarmte liebevoll seinen Hals. Der Hengst verspannte sich leicht, er war an Menschen nicht mehr gewöhnt…

– „Schau, Aramis, er ist zurück, endlich! Komm, wir gehen zum Stall, ich glaube, ich brauche kein Halfter.“

Die Pferde folgten der Frau zum Haus und zum Stall, Aramis war angespannt, blieb hinter dem Hengst mit großem Abstand zurück: War der Neue friedlich? Im Stall prüfte Kira, ob Lorenzo irgendeine Verletzung hatte.

– „Du bist aber gut in Form, außer Mähne und Schweif und dieser widerliche Geruch, ich weiß nicht, wo du warst, aber du stinkst! Und deine Hufe… Du brauchst dringend den Schmied.“

Lorenzo schlief wochenlang im Gras, wo die Wölfe sich auch ausruhten, sich kratzten und wälzten… Kira brachte Lorenzo in eine große Box mit großem Paddock, sie war schön mit Stroh ausgestreut, Aramis stand daneben. Er hielt kurz an und betrachtete seinen goldenen Käfig. Sie holte frisches Heu und gab es beiden Pferden. Lorenzo fraß mit großer Begeisterung, während Aramis ihn noch unsicher beobachtete. Später kam Kira wieder und wollte ihm ein Halfter anziehen, um ihn zu putzen, aber Lorenzo schüttelte heftig den Kopf und ließ es nicht zu.

– „Tja, zwei Monate in der Wildnis hinterlassen Spuren. Wir versuchen es ohne."

Ganz vorsichtig und sorgfältig bürstete Kira den rotbraunen Hengst. Mit dem Mähnenspray schaffte sie es, die verfilzten Haare von Mähne und Schweif wieder geschmeidig zu machen, seine lange Mähne hatte ohne Pflege stark gelitten und war dünn geworden.

– „Du siehst jetzt besser aus, nun, was tun mit diesem Geruch, es ist zu kalt für eine Dusche… na dann wird er von allein verschwinden."

Am Nachmittag kam der Schmied, Lorenzo verhielt sich still und kooperativ, so froh war er, von den zu eng gewordenen Eisen befreit zu werden.

– „Kira, die Eisen sind nicht so stark abgenutzt, ich schneide die Hufe und passe die alten Eisen an."

Die Nacht kam schnell, Kira fütterte ihre Pferde und legte auf jedes eine Decke drauf. Lorenzo kannte das nicht, bemerkte aber schnell die angenehme Wärme auf seinem Rücken. Aramis hatte sein Misstrauen überwunden, der Hengst zeigte keinerlei Anzeichen von Aggression.

– „Lorenzo, wie konntest du so lang allein im Wald sein? Alle dachten, du wärst tot, außer Kira."

– „Ach, Aramis, es ist eine lange Geschichte und allein war ich nicht, ich habe mit den Wölfen und einem Hirsch gelebt."

– „Mit Wölfen??? Du machst Witze!"

– „Nein, es ist kein Witz, ohne sie hätte ich nie überlebt. Der Geruch, den Kira so stinkig findet, ist der von Wölfen. Und ich vermisse sie schon."

– „Oder auch nicht. Kira ist ein netter Mensch, wir haben Glück bei ihr zu sein. Nicht alle Menschen gehen so liebevoll mit uns um, ich habe leider die Erfahrung schon gemacht. Ich hatte so Angst, als der Transporter auf den Hof gefahren ist, ich dachte, er kommt für mich, denn ich bin auch mit so einem Fahrzeug hier angekommen."

– „Ja, ich glaube dir, im Wald gelten aber andere Regeln. Wenn ich nicht gefroren und Hunger bekommen hätte und diese verdammten Eisen mir nicht wehgetan hätten, wäre ich bei Eugen und Alois geblieben. Es ist mir unangenehm, wieder in einer Box eingesperrt zu sein."

– „Willst du wieder weg?"

– „Nein, jetzt nicht, ich hoffe, ich werde diesen grässlichen Lärm nie wieder hören müssen."

– „Lorenzo, an diesen Lärm solltest du dich gewöhnen, ich weiß für unsere Ohren ist es unerträglich, aber diese Wagen fahren oft vorbei. Du brauchst keine Angst zu haben, es dauert nicht lang und es hört schnell auf."

– „Oh nein!"

– „Sag jetzt, wer sind Eugen und Alois?"

Lorenzo begann Aramis von seinen Erlebnissen im Wald zu erzählen, es dauerte lang, dann legten sie sich hin und schliefen eine Weile.

Der Hengst gewöhnte sich langsam an sein neues Leben, Kira bemerkte, es war nicht dasselbe Pferd, das sie in Andalusien kennengelernt hatte, es akzeptierte die Gerte und die Sporen nicht mehr, die sie nie übertrieben benutzte und sie blieben inzwischen im Schrank. Mit dem Halfter war Lorenzo richtig widerspenstig geworden, sie leitete ihn deshalb mit seiner Mähne, bald folgte er Kira ganz allein. Sie ritt ihn oft im Wald, er war angenehm und sicher, sie hatte aber immer das Gefühl, er wäre auf etwas konzentriert, was sie nicht sah. Allerdings! Lorenzo vermisste Eugen und Alois sehr und versuchte, durch die Eichhörnchen Nachrichten zu schicken. Das Laub bedeckte jetzt den Boden und es schneite immer wieder ein wenig, es wurde auch kälter. So aufregend wie mit den Wölfen und dem Hirsch war das Leben natürlich nicht, nun die warme Decke, das sichere Futter und besonders die Liebe von Kira und Aramis hatten auch ihren Wert.

Lorenzo lebte nun schon einige Wochen lang in seinem neuen Stall. Ganz früh am Morgen, als die Sonne den letzten Schleier der Nacht schüchtern durchdrang, wollten die Pferde den neuen Tag von ihren Boxen aus begrüßen und genossen die klare Luft und die frischen Gerüche. Im Haus war es noch still, Lorenzo und Aramis standen mit halbgeschlossenen Augen da, als plötzlich ein Schuss die Ruhe zerriss. Es war weit weg und nur für die empfindlichen Pferdeohren hörbar.

– „Wer treibt sich so früh im Wald herum?“

– „Der Übelste.“

– „Der Übelste? Wer ist denn das?“

– „Ein schrecklicher Jäger, er ist hinter Alois her.“

Lorenzo erzählte ihm das Drama um Smezara und Alois. Er war den ganzen Tag unruhig, hatte das Gefühl, es sei etwas passiert. Am Nachmittag ritt ihn Kira, er konnte sich nicht konzentrieren, hatte keine Lust. Kira bemerkte, dass ihr Pferd nicht wie immer war, konnte sich jedoch den Grund nicht erklären, denn krank war er nicht.

Der Tag ging zu Ende, in der Nacht hörte Lorenzo die Wölfe heulen, er war sich jetzt sicher, dass etwas geschehen war.

Die Tragödie

In den Morgenstunden war der Übelste zum Rand des Waldes gefahren und hatte seinen Geländewagen unter den Bäumen versteckt, mit beiden Hunden marschierte er auf dem Weg, in der Hoffnung, den großen Hirsch zu sehen. Er war grantig, gestern hatte er einen Brief bekommen, er war wegen Wilderei von der Parkverwaltung angezeigt worden und er durfte sich nicht mehr im Wald aufhalten. Er lief schon eine Weile, als er plötzlich Alois sah, der Wind wehte in die andere Richtung und der Hirsch konnte ihn nicht riechen. „Jetzt habe ich dich…“ murmelte er leise. Er legte sein Gewehr an und zielte auf den unbekümmerten, großen Hirsch, kurz bevor er schoss, regten sich die Hunde auf und winselten leise, Alois erschrak und sprang, aber der Übelste hatte geschossen.

– „Los, Köter! Stoppt ihn, ich komme!“

Die Hunde sprangen los und rannten zu der Stelle, wo Alois sich vor Kurzem aufgehalten hatte. Blut war auf dem Schnee zu sehen, der Hirsch aber war weg. Der Jäger kam, die Hunde wussten nicht, ob sie weiterlaufen sollten und drückten sich flach auf den Boden.

– „Scheiße! Er ist weg, aber verletzt und kann nicht mehr lange laufen. Los, Köter! Weiter, treibt ihn zurück!“

Mit der Nase auf dem Boden liefen die Hunde im Wald umher, während der Übelste sich hinter einem Baum duckte und auf die Rückkehr der Hunde mit dem Hirsch wartete. Alois war schwer verletzt, lief aber so schnell er konnte und rief nach Eugen. Er hörte die Hunde hinter ihm, hatte aber noch einen großen Vorsprung, er sammelte seine ganze Kraft, um das Revier von Eugen zu erreichen.

Das Rudel war gerade von der Jagd zurück und ruhte sich auf der Lichtung aus, als der große Wolf plötzlich die Stimme von Alois hörte:

– „Eugen! Komm schnell! Der Übelste hat mich erwischt, ich bin bald an der Weggabelung!"

Die Stimme von Alois war schwach und abgehackt, Eugen sprang auf und rief nach Igor.

– „Schnell Igor, Alois ist verletzt! Gregor, Wirginia, ihr bleibt bei Wolodia und den Jungen. Keine Gnade für Hunde oder Schädling, wenn sie sich hierherwagen."

Die beiden Wölfe rannten los, Eugen rief Alois zu: „Wir sind bald da Alois, halte durch, mein Freund!". Eugen und Igor flogen fast durch den Wald und fanden schnell den großen Hirsch.

– „Alois, kannst du noch uns folgen?"

– „Ja, aber nicht mehr weit… ich verliere meine Kraft…"

Der Wolf sah die Wunde an der Flanke des Hirschs, Alois hatte schon viel Blut verloren.

– „Halte durch, wir gehen langsam, du bist jetzt in Sicherheit."

Auf einmal waren aber die Hunde da, Eugen und Igor drehten sich blitzschnell um, mit aufgestellten Nackenhaaren knurrten sie die Hunde an und umkreisten sie.

– „Ihr verschwindet ganz schnell aus meinem Revier, ihr Köter, und den Hirsch könnt ihr vergessen!“

Die Hunde blieben stehen und schauten in Alois Richtung.

– „Versteht ihr mich nicht? Haut ab!“, knurrte der große Wolf stärker.

Die raue Stimme von Eugen hallte in den Köpfen der beiden Hunde und erschreckte sie, sie waren unfähig, sich zu bewegen. Wölfe hatten sie noch nie gesehen und sie glaubten, dass Wölfe Hunden ausweichen. Eugen und Igor leider nicht, wurde ihnen klar.

– „Wir müssen den Hirsch zurücktreiben, sonst wird er uns ohne Ende verprügeln!“

– „Ein Schritt in seine Richtung und ihr seid tot, es ist uns egal, ob ihr von eurem Herrn geschlagen werdet. Verpisst euch!“

Die beiden Hunde drehten sich langsam um, die Schnauze flach auf den Boden gerichtet und verließen die Wölfe. Eugen und Igor rannten hinter Alois her, der Hirsch ging immer langsamer, taumelte stärker und brach plötzlich zusammen. Alois lag auf der Seite, unter ihm breitete sich eine Blutlache im Schnee aus.

– „Eugen, bitte, erlöse mich… es war unsere Abmachung, wenn ich am Ende bin… es ist so weit, es gibt kein Zurück mehr, ich sterbe… Eugen, mein lieber Freund, verzeih mir, ich hatte dir versprochen, dein Revier nicht zu verlassen… aber ohne Lorenzo habe ich mich so einsam gefühlt, ich wollte ihn sehen… es ist schief gegangen… Eugen, mein Geweih darf kein Mensch kriegen, das weißt du… Eugen… es war so schön mit dir, ich danke dir… Gott schütze dich und deine Nachkommen… Eugen… mein Freund ... sag Lorenzo…“

Alois atmete noch einmal tief und verließ die Erde. Eugen stand mit Igor neben dem leblosen Körper des größten Hirschs des Waldes, er verspürte einen tiefen Schmerz, wie einen Stich in seinem Herz. Er hätte alles gegeben, damit Alois wieder aufstand. Igor schubste seinen Vater vorsichtig an.

– „Wir können nichts mehr für ihn tun, komm Eugen.“

– „Doch Igor, wir können diesen Schädling töten, wir machen uns auf den Weg.“

– „Nein Eugen, dein Schmerz blendet dich. Sicher, wir könnten den Übelsten töten, und dann? Denk an unsere Familie und die anderen Wölfe des Waldes, die Schädlinge würden uns bis zum letzten Tier jagen.“

– „Sie wissen nichts von uns.“

– „Von uns nicht, aber von den beiden Rudeln schon. Es wäre einfach ungerecht und Alois hätte das nicht gewollt.“

– „Oh Gott, Igor! Ich habe diesen Hirsch so gemocht… so geliebt. Kein Hirsch und kein Wolf könnte das verstehen…“

– „Komm jetzt.“

– „Was machen wir jetzt mit ihm? Kein Tier wird sich trauen, auf unser Revier zu kommen und ihn zu fressen. Ich kann Alois aber nicht fressen!“

– „Eugen, du hattest eine tiefe Verbindung mit ihm, ich mochte ihn auch und werde nichts von ihm fressen, aber die Jungen und das Rudel würden sich bestimmt über Alois freuen, so eine große Beute erwischen wir selten. So einfach ist die Jagd momentan nicht und mit Alois können sie satt werden, bis wir wandern.“

– „Es ist makaber, du hast aber Recht. Holen wir das Rudel.“

Die Hunde Jack und Arthur hatten sich Zeit genommen, zum Jäger zurückzukehren.

– „Er wird uns dermaßen vermöbeln, ich will nicht dran denken!“

– „Ach, Jack, es wäre nicht das erste Mal und auch nicht das letzte…“

– „Ja, Arthur, aber ich glaube diesmal wird es noch schlimmer. Seit Jahren ist er hinter diesem Hirsch her… und jetzt kommen wir ohne ihn zurück.“

– „Hättest du dich lieber mit diesem wahnsinnigen Wolf geprügelt?“

– „Natürlich nicht! Obwohl… wäre schnell gegangen. Sei ehrlich, hast du nicht auch die Schnauze voll davon, jeden Tag mit diesem Bescheuerten unterwegs zu sein? Und jung sind wir auch nicht mehr…“

– „Sicher, aber was tun? Wie die Wölfe können wir nicht mehr leben, selbst als Jagdhunde würden wir im Wald nicht lang durchhalten.“

– „Er ist dort drüben, also allen Mut zusammennehmen und los.“

Der Übelste sah seine beiden Hunde von Weitem zurückkommen, jedoch ohne den Hirsch. „Wo ist er?“ schrie er „Blöde Köter, wo ist er?“. Er nahm die Leine von seinem Hals und schnallte die Tiere an, er war außer sich, dann schlug er sie mit der Faust und trat sie mit seinem Stiefel. Die Hunde schrien erbärmlich und jaulten, Jack hatte blutige Lefzen, während Arthur auf der Seite lag und schwer atmete.

– „Ich werde ihn selbst holen, ihr unfähigen Köter!“.

Er knotete die Leinen um einen Baum und ließ die Hunde hinter sich zurück. Sein Zorn war noch schlimmer geworden, mit rotem Kopf folgte er der Blutspur von Alois im Schnee und drängte sich tiefer in den Wald. Er atmete schwer, es wurde ihm plötzlich übel und sein Kopf pochte. „Was ist los mit mir? Es wird bald vorbei sein, weitergehen.“. Er lief noch ein paar Meter, taumelte und brach mit einem Schrei zusammen.

Im Haus des Jägers

Birgit kochte in ihrer Küche gerade für das Mittagsessen und war fast fertig, es war bald zwölf Uhr, Franz, ihr Mann, war noch nicht zurück. Nach der Jagd war Essen für ihn das Allerwichtigste, deshalb fand Birgit seine Verspätung seltsam. Er hatte das Haus in den Morgenstunden verlassen, vielleicht aß er bei Schorsch in der Wirtschaft, ohne ihr Bescheid zu sagen. Birgit war sauer, aß allein und räumte die Küche auf, sie war nur noch wütend auf ihren Mann. Die Jagd hatte ihr Leben bestimmt, sie hatte mehr als genug davon und sie hatte gehofft, Franz würde nach der Rente weniger Zeit in seinem Revier verbringen, aber nein, es war noch schlimmer geworden. In der Zeit, als er noch gearbeitet hatte, hätte sie so gern einen ruhigen Urlaub am Meer mit ihm verbracht, stattdessen wollte er immer nach Afrika, Amerika oder irgendwohin fliegen, wo man Tiere jagen konnte. Wenigstens durfte sie mit und besichtigte allein, was das Land zu bieten hatte oder blieb allein im Hotel, während er alle möglichen Tiere tötete. Dann hatte sie keine Lust mehr darauf und war lieber mit Freundinnen unterwegs, wenn er verreiste. Was für ein blödes Hobby, dachte sie, und jetzt war er sogar wegen Wilderei angezeigt worden. Tja, es war ihr klar, dass die Parkverwaltung sein Umhertreiben nicht länger duldete, sie wussten, dass er den jungen Luchs erschossen hatte. Er war so wütend und zornig, als er den Brief gelesen hatte, mit knallrotem Gesicht und zittrigen Händen…

Das Haus war ihr ein Gräuel geworden, jede Wand war mit Trophäen oder Geweihen von allen möglichen Tieren geschmückt, überall auf den Regalen standen ausgestopfte Wesen, selbst in der Toilette… Birgit hatte sich durchsetzen und ein Zimmer für sich allein behalten können, ebenso das Schlafzimmer, in dem sie Ruhe vor diesen toten Tieren genoss. Weil es mit den Trophäen noch nicht genug war, hatte er im Garten einen Zwinger für seine Hunde gebaut, zwei stinkende Tiere, welche sie nie ins Haus hereinließ, sie wollte mit ihnen nichts zu tun haben, Franz sollte sich selbst um sie kümmern. Diesen Sommer hatte sie Mitleid mit ihnen bekommen, Franz trieb sich irgendwo herum, die Hunde hatten kein Wasser. Sie konnte ihr Winseln und Hecheln nicht mehr ertragen, sie hatte ihnen frisches Wasser gebracht und zu ihrem Erstaunen bemerkte sie, wie dankbar die beiden ihr waren.

Den Kopf mit derartig düsteren Gedanken gefüllt, fuhr sie zum Frisör. Die Glocke der Kirche schlug fünfzehn Uhr, als sie wieder zuhause war, waren immer noch kein Franz und keine Hunde zu sehen. Langsam überfiel sie ein mulmiges Gefühl, denn um sechszehn Uhr wurde es dunkel und es war nicht seine Art, von so früh bis zum späten Nachmittag auf der Jagd zu bleiben und so jung war er auch nicht mehr. Sie überlegte noch eine Weile und rief den Sepp an.

– „Sepp? Hier ist Birgit, Grias di, hast du Franz heute gesehen? Oder war er bei Schorsch?“

– „Grias di Birgit, nein, heute habe ich deinen Mann nicht getroffen, ich war schon bei Schorsch, aber er hat ihn nicht gesehen und sein Wagen stand auch später nicht vor dem Gasthof. Ist er noch nicht da?“

– „Nein, eben nicht. Er ist seit heute Morgen mit den Hunden unterwegs, ein Gewehr hat er aus dem Schrank genommen, also ist er zur Jagd aufgebrochen. Es wird bald dunkel, irgendetwas stimmt nicht."

– „Ja, da hast du Recht. Wohin denkst du, dass er gegangen ist?"

– „In den Park natürlich! Gestern hat er Post bekommen, eine Anzeige wegen Wilderei, aber er hat gesagt, es ist ihm scheißegal…"

– „Weißt du was, ich fahre zum Wald, ich melde mich."

– „Ja, danke Sepp."

Sepp stieg in seinen Geländewagen und fuhr zum Wald. Es war stockfinster, als er den versteckten 4x4 von Franz entdeckte. Mit der Taschenlampe leuchtete er in das Auto, es war leer, die Türen waren verriegelt. „Wo ist dieser Depp? Ein Handy wollte er ja nie, wo treibt er sich herum, verdammt!" dachte er sich, als er mit der Taschenlampe in der Hand den Weg entlangging. Die Schneeschicht war dünn und nach einer Weile hörte er das Jaulen von Hunden in der Ferne. „Ach du Scheiße!" sagte er und beeilte sich, als das Jaulen intensiver wurde. Den Schreien nach waren sie nicht auf dem Weg, Sepp bog in den Wald, das Jaulen wurde immer stärker und plötzlich sah er Jack und Arthur, angebunden an einem Baum. Sie hatten sich um den Stamm der Fichte gewickelt und konnten nicht einmal mehr sitzen. „Alles gut, bleibt ruhig!". Nach und nach befreite er die Tiere und machte sich mit ihnen auf die Suche nach Franz.

– „Such Jack! Such Arthur! Wo ist Franz, sucht schnell!"

feuerte er die Hunde an, die inzwischen völlig am Ende waren, Arthur konnte kaum noch gehen.

– „Wir werden ihn finden oder nicht, den Mistkerl, aber er ist uns so egal.“ dachte Jack.

– „Du hast Recht, Köter,“ hallte die Stimme von Eugen im Kopf von Jack, „Ich hoffe, er brennt jetzt in der Hölle!“.

Jack hob den Kopf, sah zwei leuchtende Augen in der Ferne und roch den Geruch des Wolfs.

– „Hast du ihn erledigt?“

– „Nein, seine Bosheit hat ihn erledigt, Gott hat gesprochen.“

Und Eugen verstummte. Es dauerte nicht lang bis Sepp über den Körper seines Kumpels stolperte, er leuchtete ihm mit der Taschenlampe ins Gesicht. Franz lag mit weit geöffneten Augen auf der Erde, eine Grimasse deformierte sein Gesicht. Sepp kontrollierte den Puls und seinen Herzschlag. „Tja, Franz, ich hoffe, du hast deine Ruhe endlich gefunden“. Auf dem Boden sah er eine Blutspur, aber Franz hatte keine Verletzung. „Jack, Arthur, wir gehen“. Auf dem Weg rief er die Polizei an und wartete nachdenklich im Auto, jetzt erst nahm er wahr wie erschöpft die Hunde waren. Jack hatte tiefe Risse an den Lefzen, Arthur jaulte, wenn er seine Seite berührte… Jetzt musste er Birgit anrufen….

Alles umsonst

Auf die Beerdigung kam das ganze Dorf, mehr Birgit zuliebe als für den Jäger, der mit fast allen Einwohnern gestritten hatte. Sepp hatte die Hunde übernommen, denn die Frau wollte sie nicht behalten, er hatte sie zum Tierarzt gebracht, wo Jack die Lefzen genäht werden sollten, während Arthur mehrere Blutergüsse und eine gebrochene Rippe hatte. Die beiden Tiere waren dankbar und glücklich, endlich ein warmes Zuhause zu haben. Anders als Birgit mochte seine Frau Luisa die Tiere und Sepp hatte keine große Mühe, sie zu überzeugen, die Hunde von Franz mit nach Hause zu bringen. Zuerst mussten sie ein ordentliches Bad über sich ergehen lassen, denn die Jahre, welche die beiden ohne Pflege und Zuwendung im Zwinger verbringen mussten, hatten ihren Tribut gefordert, sie stanken fürchterlich und ihre Felle waren komplett verfilzt. Sie waren nie erpicht darauf, das Haus zu verlassen, und das berührte Luisa und Sepp tief.

Kurz nach der Beerdigung schaltete Birgit eine Anzeige, um die Trophäen ihres Mannes zu verschenken. Was nicht abgeholt wurde, landete in dem im Garten aufgestellten Container. Das Haus wurde renoviert, es wimmelte von Handwerkern, alles, was mit der Jagd zu tun hatte, verschwand, ebenso der Zwinger. Die unzähligen großen Tiefkühltruhen wurden entleert und kiloweise Wildbret verschenkt. In einer der Truhe fand sie einen jungen Wolf und einen jungen Luchs, die Parkverwaltung hatte die gefrorenen Tiere abgeholt und war entsetzt.

Sepp hatte ein ausgestopftes Eichhörnchen und einen Steinmarder für Lola und Christoph mitgenommen, sie waren kunstvoll präpariert, aber Lola fand lebendige Tiere schöner… Für Sepp war die Jagd vorbei, er hatte keine Lust mehr darauf, die Geschichte von Franz und die Tierliebe seiner Enkel hatten seine Entscheidung stark beeinflusst. Jahrelang hatte sein Freund unzählige Tiere erschossen, und jetzt? Ein großer Teil lag im Müll, egal ob Elefantenbeine, Alligatorkopf, Geweihe von Hirschen, Rehen, Gazellen, Büffeln und vielen anderen, alle diese Kreaturen von Gott geschaffen, hatten umsonst ihr Leben verloren.

Der Frühling im Wald

Das Leben der beiden Pferde hatte sich auf eine angenehme Routine eingependelt, was Lorenzo langsam langweilte. Aramis und Lorenzo liebten es, wenn Kira und Anton, ihr Mann, sie zusammen ritten und die Pferde im Schnee rennen konnten. Die Galoppaden im Schnee waren für ihn fast genauso schön wie die am Strand von Andalusien. Trotzdem hatte er immer noch mit der Kälte zu kämpfen und freute sich auf seine Decke. Der Wald war erstaunlich still geworden, obwohl so viele Spuren von Tieren zu sehen waren. Es war still, aber nicht tot. Lorenzo dachte oft an Eugen und Alois und fragte sich, wo seine Freunde waren. So verging der Winter, ruhig und monoton, danach wurden die Tage länger, was Tiere und Menschen freute, bevor eine letzte richtige Kältewelle sie überraschte. Alles hatte aber seine Zeit, der Schnee schmolz langsam, die ersten Schneeglöckchen erschienen, Winterlinge und später Leberblümchen, gelbe, violette oder blaue Farben beklecksten den kahlen Boden, während die Vögel kräftig zwitscherten und wieder Leben in den Wald brachten, manche hatten eine lange Reise hinter sich. Ebenfalls erwachten die Bäume, die Knospen wurden dicker und praller, überall plätscherten kleine Bächlein, in den größeren Bächen rauschte das Wasser auf die Steine und begleitete den Gesang der Vögel. Es winkte der Frühling, der Winter verging.

Nach und nach wurde der Wald in ein zartes Grün gehüllt, Lorenzo hatte von der Kälte, der Dunkelheit, sogar vom Schnee mehr als genug. Die Temperaturen waren noch frisch, aber erträglich, die Sonne nahm stetig an Kraft zu und ihre Strahlen wärmten schon den Rücken von Lorenzo und Aramis, wenn sie frei auf dem Reitplatz dösten. Nun, der Hengst langweilte sich immer mehr, das Bedürfnis, die Wölfe und den großen Hirsch wiederzusehen wurde stärker. Kira und

Anton waren sehr lieb, auch Aramis war ein angenehmer Freund, es fehlte ihm nichts, oder doch: Es fehlte ihm an der Freiheit zu tun, was er wollte. Langsam trugen sie keine Decke mehr in der Nacht, es kam der Moment, auf den Lorenzo gewartet hatte.

– „Aramis, morgen, ganz in der Früh, gehe ich in den Wald zurück."

– „Bist du verrückt???"

– „Nein, ich will meine Freunde wiedersehen. Willst du mit? Die Wölfe haben gestern geheult, Eugen ist zurück."

– „Nein, Lorenzo, ich bleibe hier, was soll ich im Wald? Und vielleicht wären deine Freunde nicht begeistert, mich zu sehen. Kommst du zurück?"

– „Ja, klar, ich mache einen kurzen Besuch und bin schnell wieder da."

– „Versprochen?"

– „Versprochen!"

Am Abend schloss Kira die Boxentüre, ließ aber die Klappe offen. „Glück gehabt" dachte Lorenzo. Seit Wochen übte er, den Riegel mit seinen Lippen hin und her zu schieben, die beiden Stangen vom Paddock konnte er ohne großen Aufwand schubsen, um den Paddock zu verlassen. Der Hof war eingezäunt, der Gemüsegarten hatte aber ein niedrigeres Türchen und einen Zaun, den Lorenzo problemlos überspringen konnte, er trat rücksichtlos auf die vorbereiteten Beete, sprang wieder über den Zaun und lief im Schritt zum Reitplatz und dann zu dem Weg zum Wald. Er war wieder frei. Es war kurz nach fünf Uhr, die Wölfe sollten langsam von der Jagd zurück sein, vielleicht traf er sogar Alois auf dem Weg.

Lorenzo lief jetzt konzentriert auf dem Hauptweg, er musste irgendwann nach rechts abbiegen, dort, wo ein großer Stein lag. Es dauerte, bis er den Stein fand, dann drängte er sich selbstsicher in den Wald. Hier und da lagen noch Schneeflecken, es war nebelig und unheimlich, hätten die Amseln den neuen Tag nicht begrüßt. Er rief mehrmals nach Alois.

Wiedersehen

Es verging noch einige Zeit, dann blieb er stehen und rief nach Eugen. Er war sich nicht sicher, ob er den richtigen Weg gewählt hatte. Dann erklang die raue Stimme des Wolfes.

– „Lorenzo! Mein Freund!“

– „Eugen! Wo bist du, ich weiß nicht, ob ich mich nicht doch verlaufen habe!“

– „Nein, du bist ganz in der Nähe, bleib wo du bist, ich hole dich.“

Beim Warten auf Eugen schaute er um sich, atmete tief die Waldluft ein, die anders war als sonst irgendwo, als plötzlich und lautlos Eugen vor ihm stand. Beide Tiere sahen sich an und waren sehr gerührt, sich wiederzusehen. Der mächtige Wolf hatte nichts von seiner Ausstrahlung verloren, er hatte noch sein Winterfell und sah wunderschön aus.

– „Na, Lorenzo, hat der Ruf der Freiheit dich wieder gereizt?“

– „Ja, Eugen, und ich hatte so Sehnsucht nach dir, Alois und dem Wald, ich musste weg.“

– „Ehm… und deine Schädlinge?“

– „Nein, sie sind keine Schädlinge, sondern sehr liebe Menschen, sie essen sogar keine Tiere und Kira ist sehr engagiert, ja, engagiert für das Überleben der Wölfe."

– „Für uns? Oh, oh… was für eine Ausnahme, deine Kira."

– „Also, ich habe ein schönes Leben, auch einen Freund, Aramis, ich wollte ihn mitnehmen, aber er wollte nicht."

– „Sag mal Lorenzo, mein Revier ist doch keine Pferdekoppel!"

– „Schon gut… Jetzt erzähl mal, was hier in den letzten Monaten passiert ist. Auf dem Weg habe ich versucht, Alois zu rufen, habe aber keine Antwort bekommen. Ist er noch in dem anderen Wald?"

Eugen fühlte einen Stich im Herzen, das Drama um Alois kam wieder hoch, er konnte aber Lorenzo die Wahrheit nicht vorenthalten.

– „Unser Freund ist tot."

Das Pferd sah tief in die Bernsteinaugen, die ihn anstarrten, sie waren mit großer Traurigkeit gefüllt.

– „Alois… ist tot? Das kann nicht wahr sein, sag, dass es nicht wahr ist!"

– „Leider, Junge, es ist so. Ich trauere dem großen Hirsch immer noch nach, es ist furchtbar."

– „Was ist da passiert?"

– „Der Übelste, der Übelste hat ihn getötet. Nach deiner Rückkehr ins Dorf hat sich Alois einsam gefühlt, er war so gern mit dir unterwegs, er wollte dich noch besuchen, bevor wir gemeinsam zum anderen Wald wandern. Es war eine verrückte Idee, er wusste, dass dieser Schädling hinter ihn her war, es war gefährlicher als sonst. Die Eichhörnchen hatten ihn fast jeden Tag mit seinen Hunden beobachtet, jedes Tier war auf der Hut. In seiner Eile zu dir zu kommen, hat er nicht auf die Windrichtung aufgepasst, die ihm die Anwesenheit des Übelsten verraten hätte, sie stinken so sehr, er hat den Übelsten zu spät entdeckt.“

– „Das war der Schuss, den ich eines Tages am Morgen gehört hatte, ich hatte so ein schlechtes Gefühl, ich wusste, etwas war passiert.“

– „Alois war schwer verletzt, der Übelste hat seine Hunde hinter ihm losgelassen. Mit seiner letzten Kraft hat er mein Revier noch erreicht. Igor und ich haben uns um die Köter gekümmert.“

– „Habt ihr sie getötet?“

– „Nein, diese armen Tiere töten, wofür? Wir wollten sie nur erschrecken. Später haben wir sie schreien hören, selbst für seine eigenen Hunde hatte der Typ kein Mitleid. Alois war am Ende, seine Verletzung war schlimm, es hat mir so wehgetan, ihn sterben zu sehen, für nichts und wieder nichts, nur weil dieser Verrückte sein Geweih wollte.“

Eugen machte eine Pause, das Pferd bemerkte, wie tief der Wolf getroffen war.

– „Dann hat Gott sich eingemischt, es war zu spät für Alois, aber der Übelste ist im Wald auf der Suche nach Alois tot umgefallen, er wird keine Tiere mehr ermorden. Ich hatte Angst, dass die Schädlinge zu uns kommen, aber einer hat ihn und die Hunde gefunden. Es ging dann ganz schnell und endlich war der Wald wieder still, zu still ohne Alois. Ich hatte ihm versprochen, sein Geweih zu verstecken, er wollte auf keinen Fall, dass ein Schädling seine Krone mitnimmt, in diesem Teil des Waldes wäre das ohnehin fast unmöglich, aber Alois hatte trotzdem Angst. Das Rudel hat lang von ihm gefressen und...“

– „Was? Du hast Alois gefressen?“

– „Igor und ich nicht, aber die anderen schon. Keine anderen Tiere hätten sich auf mein Revier gewagt, um Alois zu fressen, er wäre nutzlos verwest, was schade gewesen wäre. Lorenzo, wir sind keine Pflanzenfresser, wir müssen hart arbeiten, um etwas zu fressen zu bekommen. Wenn du denkst, wir würden jedes Mal beim Jagen ein Reh, einen Hirsch oder ein Wildschwein erlegen, irrst du dich. Wir erwischen die Kranken, die Schwachen, Jungen oder Alten, die nicht schnell genug sind, oft haben wir einen leeren Bauch.“

– „Verzeihung. Jetzt werden die Gespräche, die Aramis mitgehört hat, wesentlich klarer. Bei einem Ritt mit Kira hat er einen Mann mit zwei Kindern getroffen, er hat ihr erzählt, er habe die Hunde von seinem verstorbenen Freund adoptiert, er wäre beim Jagen gestorben. Das Weibchen hat dazu gesagt: „Es ist gut so, er war böse. Er hat so viele Tiere getötet und Jack und Arthur hat er auch geprügelt.“. Dann hat er noch gesagt, er weiß von seiner Frau, dass sie einen jungen Wolf und einen jungen Luchs in einer Box gefunden hat.“

– „Einen jungen Wolf?“

– „Ja, und Kira war ganz aufgeregt, weil sie die Wölfe so gern mag. Ich glaube, sie würde sich sehr freuen, dich kennenzulernen.“

– „Bring sie nie zu mir, Lorenzo! Es wäre das Ende unserer Freundschaft. Deine Kira ist ein Mensch, ich will mit ihnen nichts zu tun haben, ob freundlich oder böse. Selbst nette Menschen bringen immer Unglück.“

– „Reg dich nicht auf, Eugen, ich werde das niemals machen.“

– „Jetzt verstehe auch ich… ein junger Wolf aus dem anderen Rudel ist vorletzten Frühling spurlos verschwunden. Wir sind sehr streng mit unseren Territorien, aber wir informieren uns gegenseitig, wenn etwas Merkwürdiges passiert, sie dachten, wir hätten ihn getötet, nun, der Junge war nie bei uns. Mein Gott! Was für ein grausamer Schädling!"

– „Ja, das kann man sagen. Kira hat auch gesagt, er hat die Pferde gehasst. Aber Eugen… bringt ihr euch gegenseitig um?"

– „Manchmal. Bis jetzt habe ich keine Schwester oder Bruder getötet, aber es kann wegen des Reviers immer passieren. Aus diesem Grund sind Rudel so wichtig, deshalb sollen die Schädlinge uns in Ruhe lassen: Rudel haben strenge Regeln, jeder hat seinen Platz und seine Aufgabe. Es gibt ein männliches und ein weibliches Tier, die führen das Rudel, diese Strukturen schützen uns alle, bringen eine gewisse Ordnung. Die Reviere sind markiert, jeder weiß immer, wo er oder sie steht und hat die Wahl, sich entweder davon zu entfernen oder erwischt zu werden."

– „Ich würde lügen, wenn ich sagen würde, es ist bei den Pferden anders. Die wilden Pferde bringen sich auch manchmal um."

– „Ja, die Hirsche auch, während der Brunftzeit sterben sie manchmal. Alois hat mir gesagt, es ist meistens nicht gewollt, aber mit ihren riesigen Geweihen können sie sich schwer verletzen. Nun, es ist ein gravierender Unterschied zwischen uns und den Schädlingen, wir töten, um zu überleben, nicht aus reiner Mordlust oder aus Spaß. Das Leben ist kostbar, wir respektieren das, sie respektieren nichts."

– „Es ist alles nicht so einfach. Ich möchte gern Wolodia und die anderen sehen."

– „Dann gehen wir."

Wolf und Pferd erreichten bald die Lichtung, Wolodia, Igor, Boris, Fedor und zwei Jungen aus dem letzten Wurf waren da.

– „Lorenzo, was für eine Überraschung," sagte Wolodia, „Hast du uns vermisst?"

– „Ja, Wolodia, euch und Alois…"

– „Ach, der arme Alois, so ein schreckliches Ende. Dieser grausame Schädling!"

– „Es fehlen aber Gregor, Wirginia und drei Jungen, Eugen?"

– „Ja, kurz nach dem Tod von Alois ist das Rudel in den anderen Wald gewandert. Gregor und Wirginia wollten nicht zurück, sie sind jetzt allein unterwegs, jeder für sich, Gott schütze sie, sie werden es schwer haben. Von den Kleinen sind zwei krank geworden und eines ist beim Jagen umgekommen."

– „Wie schade."

– „Ja, unser Nachwuchs hat es schwer, erwachsen zu werden. Wolodia hat neue Babys bekommen."

– „Ich sehe sie nicht?"

– „Sie sind noch zu klein und bleiben noch im Bau."

So vergingen Lorenzos erste Stunden zurück im Wald auf der Lichtung unter vielen tiefsinnigen Gesprächen.

Abschied

– „Bleibst du ein bisschen bei uns, Lorenzo?“

– „Nein, Eugen, diesmal nicht. Und ohne Alois… ich hatte mich so gefreut, mit ihm ein paar Nächte grasen und spazieren zu können, aber jetzt… es übersteigt meine Kraft, allein zu den Plätzen zu gehen, wo wir so schöne Stunden zusammen verbracht haben. Ich kann doch nicht mit euch zur Jagd gehen.“

– „Dieser verdammte Hirsch… er hat so ein Loch hinterlassen, so schmerzhaft…“

– „Wie und wo hast du sein Geweih versteckt?“

– „Als nur noch seine Knochen da lagen, haben Igor und ich seine Krone von seinem Schädel gezogen. Es war ein Kraftakt! Du kannst dir nicht vorstellen, wie schwer so ein Ding ist, ich frage mich, wie er es so leicht auf seinem Kopf tragen konnte. Wir mussten mit großer Kraft ziehen, manchmal ist es in Büschen hängengeblieben oder hat sich in den Boden gebohrt, es hat lange gedauert, bis wir den kleinen See erreicht haben.“

– „Ich war am kleinen See mit Alois, er ist wirklich nicht nah. Also liegt es jetzt da.“

– „Nein, gar nicht! Nach einer Pause hat jeder von uns ein Ende ins Maul genommen und wieder mit viel Kraft ins Wasser gezogen, das Wasser hatte eine dünne Eisschicht und dann sind wir bis in die Mitte des Sees geschwommen und haben sie losgelassen. Es war anstrengend, das Wasser war eiskalt, wir waren fertig. Auf dem Weg zurück sind wir fast trocken geworden, für die Jagd am Abend waren wir aber zu müde, Wolodia ist allein mit den anderen gegangen.“

Alle Erinnerungen an Alois Tod hatten den Wolf immer wieder erschüttert, Lorenzo spürte die Kraft, die die drei Tiere verbunden hatte, es war ungewöhnlich und bewundernswert.

– „Wirst du uns nicht mehr besuchen, Lorenzo?“

– „Doch, Eugen, natürlich! Wenn Kira den Stall nicht verbarrikadiert… ich werde immer einen Weg finden. Jetzt ist der Übelste weg, könntest du mich auch besuchen?“

– „Nein, kann ich nicht, ich müsste an den komischen Boxen vorbei und das geht nicht.“

– „Egal, ich werde zu dir kommen. Ich weiß, es tut dir sehr weh, aber ich möchte zum kleinen See, damit ich mich von Alois verabschieden kann.“

– „Ach, was hatte dieser Hirsch, was die anderen Hirsche nicht haben? Es ist so verrückt!“

– „Was er hatte, war ein großes Herz voller Liebe, die Liebe, Eugen, ist das Geheimnis.“

– „Ja, du hast Recht, sind aber die anderen Hirsche lieblos?“

– „Nein, sicher nicht. Wenn du mit jedem Hirsch reden würdest, würdest du wahrscheinlich keinen mehr jagen. Du hast Alois gekannt, mit ihm kommuniziert, vielleicht würden die Tiere alle friedlich miteinander leben, wenn wir uns alle kennenlernen würden, wir würden eine andere Welt schaffen. Durch dich habe ich gelernt, die Wölfe zu lieben und ich hoffe, diese Liebe wird von jedem Wolf gespürt.“

– „Dein Wort in Gottes Ohr, Lorenzo! Nach deiner Theorie, wovon werden wir dann uns ernähren, wenn wir alle befreundet sind???“

– „Wenn wir so weit sind, wird die göttliche Ordnung bestimmt dafür sorgen, dass uns etwas ernährt."

– „Es sind schöne Gedanken, vielleicht wird es so werden. Und die Schädlinge, was tun wir mit ihnen?"

– „Gute Frage… vielleicht werden sie sich auch ändern und zu der Liebe bekehren."

– „Meiner Meinung nach werden die Tiere das schneller als sie…"

Wolf und Pferd machten sich auf den Weg, es war noch sehr früh, die Luft noch kalt und der Nebel schwebte zwischen und über den Bäumen, der Wald war absolut still, die meisten Nachttiere waren schon zurück in ihrem Bau oder Nest, von Weitem sahen sie einen Fuchs, der mit etwas im Maul schnell lief.

– „Es ist noch nicht so weit mit der neuen Nahrung, Lorenzo…"

– „Eugen… es wird noch dauern…"

Endlich erreichten sie den See, nur eine Stelle war frei von hohen Gräsern mit Blick auf das stille Wasser. Schweigend standen Eugen und Lorenzo und schauten auf die glatte Oberfläche, die das Licht des frühen Morgens schüchtern bestrahlte, ein leichter Nebel bewegte sich und zog sich in Zeitlupe über den See. Sie beobachteten das Lichtspiel, bis die durchsichtige Silhouette des großen Hirsches sich erhob und wieder verdunste.

– „Eugen! Hast du gesehen, Alois ist gekommen!"

– „Ja, Alois wird im Wald mit uns bleiben, für immer und ewig, bis wir zu ihm gehen…"

Eugen drehte langsam den Kopf, ein großer Hirsch, fast weiß, schaute ihn und das Pferd zwischen den Bäumen hindurch an.

– „Aliocha, es ist Lorenzo, der Freund deines Vaters…“

DAS PFERD, DAS DIE DELFINE LIEBTE

In der Bretagne

Das Wetter hatte sich bis zum nächsten Unwetter beruhigt, am Himmel schien die Sonne auf den ruhigen, blauen Atlantik. Die Touristen waren noch nicht in Massen unterwegs, die Strände sahen noch nicht aus wie Supermärkte, wenn es Sonderangebote gibt, im Großen und Ganzen war es noch angenehm. Nichts störte die Bewohner an ihrer Heimat bis auf die grünen Algen[1], die seit Jahren viele Strände in einen Ausnahmezustand versetzten und jeden Tag entfernt werden mussten. Dennoch, die mäßigen Temperaturen ließen sie nur in Grenzen wachsen, aber dieser erträgliche Zustand würde nicht mehr lange andauern.

In diesem Teil des Landes war das Meer noch frei von der tödlichen grünen Pest. Wie Schmuckstücke lagen Buchten und weiße Strände entlang der Küste, eingefasst von dem kristallklaren Wasser, ein idyllischer Anblick. Ein kleines Dorf mit einer uralten Kirche und sonst nichts erhob sich nicht weit von einer Bucht entfernt, wo ein paar Einwohner lebten, die sehr zufrieden damit waren, der Unruhe der Touristensaison zu entkommen. Viele von ihnen waren nicht einmal Bretonen, eine davon war Clarisse, die vor ein paar Jahren Paris hinter sich ließ, um ihren Traum zu verwirklichen, ihre Pferde bei sich zuhause zu haben. Ihr Freund, Erwan, war allerdings Bretone und hatte die traumhaft gelegene Longère[2] entdeckt. Mit viel Liebe hatten sie das Gebäude renoviert, die Scheune umgebaut und daraus einen Stall gemacht. Während Clarisse

---

1) Grüne Algen sind hochgiftig, wenn sie getrocknet sind, seit Jahren befallen sie die atlantische Küste, besonders die Bretagne.

2) Eine Longère ist ein altes, ebenerdiges Gebäude, das früher als Hof diente und typisch für die Bretagne ist.

als Grafikerin zuhause arbeiten konnte, war Erwan als Agraringenieur mit eigener Firma in der nächsten kleinen Stadt tätig. Er beriet und begleitete Landwirte, die von konventioneller Landwirtschaft auf biologische Erzeugung umsteigen wollten, organisierte Seminare für Profis und Laien über Permakultur und Bodensanierungen.

Vor dem Stall mit seinen großen Boxen und Paddocks erstreckte sich eine riesige Wiese, in mehrere Bereiche aufgeteilt, die als Koppel für die Pferde diente. Die gemischte Landschaft aus Land und Meer bot abwechslungsreiche, schöne Ausritte direkt vom Hof aus durch Wälder, Moore, Artischockenfelder oder Kuhwiesen, dorthin führte ein Weg, nicht weit vom Meer und den Stränden weg.

Im Stall standen Victor, ein französisches Warmblut, und Lisbeth, ein Shetlandpony, daneben war ein Hühnerstall, wo eine kleine Schar von geretteten Hühnern wohnte. Sie liefen auf dem ganzen Hof frei herum, außer im eingezäunten Gemüsebeet, das Erwan mit viel Mühe pflegte, aber die neugierigen Hühner schlichen sich regelmäßig rein, scharrten, piksten und fraßen alle Köstlichkeiten auf, die sie fanden. Da gab es auch noch den Hund Flamenco, welcher so genannt wurde, weil Clarisse und Erwan ihn auf einer Landstraße in Spanien gefunden hatten. Erwan war kein Reiter, ging aber gern mit Flamenco und Lisbeth spazieren. Lisbeth mochte lieber als Handpferd mit Victor und Clarisse unterwegs sein, obwohl es für sie viel anstrengender war und sie weniger fressen konnte als mit Erwan. Victor und Lisbeth waren ein Herz und eine Seele, beide hatten ein bewegtes, nicht angenehmes Leben hinter sich. Der braune Wallach war zehn Jahre alt, er hatte von dem vierten bis zu seinem achten Lebensjahr als Schulpferd in einem Reitclub in der Nähe von Paris gedient.

Seine Freundlichkeit war ihm zum Verhängnis geworden, er war in jeder Reitstufe einsetzbar, von Anfängern bis zu

Fortgeschrittenen, weil er immer brav und geduldig mit Anfängern blieb, sich jedoch trotzdem spritzig und leistungsbereit bei Fortgeschrittenen benahm. Als Mitglied des Reitclubs ritt Clarisse Victor gern und setzte sich oft für ihn ein, wenn dem Wallach zu viele Stunden auf der Tafel angeschrieben wurden. Jeder wollte ihn reiten, jede Stunde brachte Geld, aber nicht jede Stunde war für ihn angenehm. Clarisse wurde immer trauriger und wütender als sie sah, wie dieses gutmütige Pferd ausgebeutet wurde, es war ein Wunder, dass er keinerlei Gesundheitsprobleme hatte, aber wie lange noch? Deshalb fasste sie den Plan, ihn zu befreien und zu kaufen. Nun, so leicht ging es nicht, ein Pferd wie Victor war für einen Schulbetrieb nicht so einfach zu ersetzen und der Besitzer wollte sich nicht von ihm trennen. Clarisse blieb dabei, erhöhte ihr Angebot bis an die Grenze ihrer Möglichkeiten und endlich war es so weit: Victor gehörte ihr. Kurz danach fing Victor an zu husten und Clarisse brachte ihn zu Freunden, die einen Offenstall in der Normandie besaßen. Victor brauchte frische Luft, keine staubige Halle mehr und musste sich frei bewegen können. Er war mit drei anderen Pferden zusammen und erholte sich schnell, Clarisse besuchte ihn jede Woche, vom Husten war kein Ton mehr zu hören und er sollte bis zum Umzug in die Bretagne dort bleiben.

Eines Tages waren Clarisse und Erwan in der nächsten kleinen Stadt unterwegs, nicht so weit entfernt von Victors Stall. Ein kleines Volksfest fand auf einem Platz statt, es roch nach Zuckerwatte, der Clarisse nicht widerstehen konnte, das Paar folgte dem süßlichen Geruch bis zum Zuckerwattestand. Bei den Karussellen wurde laute Musik gespielt, die mehr Krach als Melodien hervorbrachte, es war schönes Wetter und viele Familien mit Kindern liefen von Karussell zu Karussell, von Süßigkeiten- zu Wurstbuden, als Clarisse plötzlich stehen blieb.

– „Das kann doch nicht wahr sein!“ sagte sie zu Erwan. Allerdings, abseits von den anderen stand ein Ponykarussell mit sechs Pferdchen. Angebunden an einer Stange in der Mitte liefen sie mit Sätteln und Kindern auf ihren Rücken. Der Kreis war eng, der Boden wurde von einem abgenutzten Teppich aus falschem Rasen bedeckt und ein Pony lahmte. Sie waren sauber, aber ihre Hufe zu lang, an dem Tag war es warm, die Ponys, die noch restliches Winterfell hatten, schwitzten und ihre Nüstern waren geweitet. Um den Lärm zu dämpfen trugen sie Ohrennetze in verschiedenen Farben. Die Schlange am Ponykarussell war lang, jedes Kind wollte eine Runde auf den Rücken der süßen kleinen Pferde drehen. Das lahme Pony war eine Stute, ein Fuchs mit weißen Flecken und es ging ihr von Runde zu Runde immer schlechter. Clarisse lief zum Schausteller und stellte ihn zur Rede.

– „Bonjour! Das Pony lahmt, Sie dürfen es nicht einsetzen, es wird jede Runde schlimmer.“

– „Oui, ich weiß, aber Lisbeth läuft immer so, es ist nicht schlimm.“

– „Doch, es ist schlimm, außerdem sind Ponykarussells verboten!“

– „Was wollen Sie, lassen Sie mich in Ruhe arbeiten, gehen Sie weiter, die Kunden warten.“

Auf der Seite des Karussells stand das Häuschen, das als Kasse und Musikanlage diente, an der Außenwand klebte ein Schild mit Registernummer, Name und Adresse des Schaustellers. Clarisse notierte schnell die Daten und verschwand mit Erwan.

– „Es ist skandalös, der Bürgermeister dürfte das nicht erlauben.“

– „Und was können wir tun?“

– „Wir kaufen sie und bringen sie zu Victor, dann schicken wir das Veterinäramt, damit sie die Ponys beschlagnahmen.“

– „Er wird vielleicht das Pony nicht verkaufen wollen?“

– „Mal sehen. Er weiß bestimmt, dass das Stütchen nicht mehr lang durchhalten wird, dann wird er sie zum Schlachter geben und für so ein kleines Tier kriegt er nicht viel.“

Jetzt hatten die Ponys eine kurze Pause, Clarisse und Erwan gingen wieder zum Besitzer.

– „Immer noch da!“

– „Ja, und wir sind nicht bereit, ohne die Stute zu gehen.“

– „Was denken Sie, wer Sie sind!“

– „Ich möchte die Stute kaufen. Wie alt ist sie?“

– „Ist nicht zu verkaufen.“

– „Ach, ja, mit dieser Lahmheit wird sie nicht mehr lange arbeiten können. Ich gebe Ihnen 600 Euro, es ist noch sehr viel für ein krankes Pferd. Wie alt ist sie nochmal?“

– „Fünfzehn.“

– „Fünfzehn Jahre! Überlegen Sie, wir kommen noch einmal.“

Sie holten das Geld am Bankautomaten und setzten sich auf eine Bank.

– „Wie bringen wir die Stute zu Victor? In ihrem Zustand brauchen wir einen Hänger, Clarisse.“

– „Warte, ich rufe schnell Patrick und Jeanne an, sie haben einen Hänger. Du holst ihn, während ich mit der Stute hier warte.“

– „Wenn er akzeptiert, sie zu verkaufen!“

– „Solche Typen kriegen Herzklopfen, wenn sie viele Scheine sehen und haben keine Lust, das zu verpassen.“

– „Ok, dann hoffen wir mal, dass du Recht hast!“

Von Weitem sahen sie das Ponykarussell, vollbesetzt mit Kindern, die Stute lief immer noch mit und das immer schlechter.

– „Wenn er sich weigert, sie zu verkaufen, rufen wir die Polizei. Es ist illegal und sie ist krank.“

Das Paar ging zum Schausteller.

– „Voilà, da ist das Geld, her mit der Stute!“

Und sie zeigte ihm die Geldscheine. Wie gedacht, blieb er stehen, wie hypnotisiert von dem Geld.

– „Und?“

– „Wo wollen Sie sie hinbringen?“

– „Wo sie nicht mehr arbeiten muss und einen Tierarzt sieht. Ja oder nein? Nächste Stufe ist die Polizei.“

Der Schausteller schaute Clarisse und Erwan schief an und sagte:

– „Ok, nehmen Sie Lisbeth mit, ich mache sie frei.“

Der Mann streckte die Hand aus, bekam das Geld und steckte es schnell in seine Brieftasche, dann ging er zum Pony. Ein Kind saß schon im Sattel.

– „Darf sie noch diese Runde drehen, das Kind sitzt schon drauf?“

– „Nein, sicher nicht. Es wird auf die nächste Runde warten und ein anderes Pony nehmen, Lisbeth macht nicht mehr mit."

Das Kind wollte nicht absteigen, schrie wie am Spieß und die Eltern regten sich auf.

– „Wir haben schon bezahlt!!! Unser Sohn will unbedingt dieses Pony reiten, es ist unverschämt!"

– „Was unverschämt ist, Madame, ist zu bezahlen, damit Tiere stundenlang im Kreis gehen müssen. Dieses Pony ist krank und seit ein paar Minuten gehört es mir. Nehmen Sie bitte Ihr Kind runter und das sofort."

Der Schausteller war wütend, konnte aber nichts mehr machen. Die kleine Stute wurde von ihrem Sattel und Ohrennetz befreit und ging mühsam aus dem Karussell.

– „Und mein Halfter?"

– „Keine Sorge, kriegen Sie zurück, sobald der Hänger da ist."

Lisbeth wurde behutsam von Clarisse zum Rand des Festes auf den Parkplatz geführt, Erwan war weg. Beim Warten untersuchte sie Lisbeth. Durch das dicke Fell konnte man die Rippen nicht sehen, aber deutlich fühlen, das Pony war mager und Schmerzen hatte es auch.

– „Mädchen, ich glaube, es wird dir bei uns gefallen und im Kreis drehen musst du nie wieder."

– „Gott sei Dank!" dachte Lisbeth. Clarisse konnte die Dankbarkeit der kleinen Kreatur in ihren Augen lesen und freute sich, ihr ein neues Leben schenken zu können. Kurz danach kam Erwan zurück, Lisbeth stieg problemlos in den Hänger ein, legte sich sogar hin, sie war mehr als müde. Auf der Fahrt rief Clarisse den Tierarzt an.

– „Weißt du Erwan, wir haben eines von sechs befreit, aber die anderen müssen auch von diesem Kerl entfernt werden."

– „Clarisse, sechs Ponys können wir uns nicht leisten!"

– „Nein, das weiß ich schon. Ich habe seine Adresse, wenn der Tierarzt Lisbeth untersucht hat, fahren wir zu ihm und schauen, wie die Ponys untergebracht sind. Er ist noch auf dem Fest, vielleicht haben wir Glück und es ist niemand zuhause. Wir machen Fotos, dann schicken wir sie zum Veterinäramt und wenn sie nichts unternehmen, dann einer Tierschutzorganisation."

Jeanne und Patrick warteten auf die Rückkehr ihrer Freunde, sie hatten schon eine Box mit frischem Stroh, Heu und Wasser für Lisbeth vorbereitet. Als Clarisse die Rampe öffnete, lag das Pony immer noch und machte keinen Versuch, aufzustehen. Sie streichelte das Stütchen, redete leise mit ihr, aber sie bewegte sich nicht.

– „Oh Gott! Ich hoffe, sie überlebt. Wir lassen sie im Hänger, der Tierarzt sollte bald da sein.".

Clarisse und Erwan erfuhren von ihren Freunden, dass der Schausteller wegen seiner illegalen Geschäfte mehrmals angezeigt worden war, bis jetzt ohne Ergebnis. Er trieb sich mit den Ponys weiter um. Lisbeth würde schnell von einem anderen Pony ersetzt werden, sobald ein Schlachter eines zu verkaufen hatte, das noch laufen konnte.

– „Die Situation ist insgesamt schlimm mit den Shettis, sie laufen in den Reitschulen für die Kinder, irgendwann haben sie es satt, von den kleinen Monstern mit Gerte und Fersenschlägen geprügelt zu werden und fangen an zu rebellieren, sie buckeln, beißen oder gehen durch. Dann landen sie beim Schlachter oder im besten Fall beim Händler. Die andere Kategorie sind Ponys, die als Geschenke für Kinder gedacht sind, oft von Eltern, die selbst reiten. Nun, die Ponys behalten ihre Größe, die Kinder nicht und bald werden sie überflüssig, weil die Kinder sie nicht mehr reiten können. Die Armen werden dann wie Wanderpokale von Familie zu Familie geschoben und plötzlich sind sie alt. Vielleicht behält die letzte Familie das Pony oder es landet im Ponykarussell.“ sagte Clarisse.

– „Du hast völlig Recht, wir kennen solche Eltern.“

Der Tierarzt war eingetroffen und untersuchte Lisbeth im Hänger. Ihre Sprunggelenke waren heiß, geschwollen und schmerzten, noch dazu war sie dehydriert.

– „Sie braucht eine Infusion, ich spritze ihr Schmerzmittel, damit sie aufstehen kann. Morgen kann ich die Gelenke röntgen, ich denke, sie hat eine massive Gelenkentzündung, die Hufe brauchen einen Schmied.“

Das Stütchen ließ alles mit sich machen, die Infusion dauerte, weil sie schwach war und nicht zu schnell laufen durfte.

– „Sie sollte in einer Stunde aufstehen und viel trinken. Woher haben sie dieses Pony?“

– „Aus einem Ponykarussell befreit.“

– „Ach du Schreck! Ich kenne den Kerl, er quält ein Pony nach dem anderen, bis sie zusammenbrechen. Es ist verboten, aber er schleicht sich immer wieder auf ein Volksfest ein und wenn der Bürgermeister nichts dagegen tut, dann macht er weiter. Aber es ändert sich, zum Glück! Er ist jetzt als Einziger mit einem Ponykarussell unterwegs.“

– „Verzeihung, aber solange verantwortungslose Eltern ihre Kinder zum Ponykarussell bringen, wird es mühsam, etwas zu ändern. Sie bringen sie auch in Zoos und Zirkusse, so lernen sie von Kindesbeinen an, dass Tiere für ihren Spaß da sind.“

– „Ja, stimmt leider. Wenn etwas mit der Kleinen sein sollte, rufen Sie mich an, sonst bis morgen.“

– „Danke, bis morgen!“

Kaum war der Wagen des Tierarztes weg, sagte Clarisse:

– „Jeanne, hol bitte deine Globulis, sie werden Lisbeth auch helfen.“

Jeanne gab ihr ein paar Kügelchen ins Maul, sie schlossen den Hänger und die Freunde ließen das Pony in Ruhe. „Sie sind so nett zu mir, ich fühle mich schon viel besser.“ dachte Lisbeth. Von ihrem Paddock aus hatten Victor und seine Freunde das ganze Geschehen beobachtet und wieherten, eine leise Stimme antwortete ihnen.

– „Jeanne, dürfen wir die Kleine kurz in deiner Obhut lassen, während wir uns den Stall des Typen anschauen?“

– „Ja, klar, es ist nicht weit, nur ein paar Kilometer.“

– „Super! Danke.“

Clarisse und Erwan fuhren los, es war wirklich nicht weit. Der Stall lag abseits von ein paar Häusern, niemand war zu sehen. Sie parkten weiter weg auf einem kleinen Feldweg unter den Bäumen und gingen zu Fuß. Auf der Wiese gab es nur einen Holzunterstand und eine alte Badewanne, halbvoll mit schmutzigem Wasser gefüllt. Altes, verschmutztes Stroh war im Unterstand zu sehen und ob der Platz für sechs Ponys reichte, war fraglich. Die Wiese selbst war abgegrast, mit reichlich Sauerampfer und Brennnessel, ungepflegt und übersät mit Pferdekot. Wegen des Matsches um die Hütte herum lagen teilweise zerrissene, alte Gummimatten aus, um dem Dreck Herr zu werden, Heu war nicht zu sehen. Sie machten schnell Fotos und fuhren zurück.

Der Hänger war geöffnet und leer, Clarisse ging zum Stall, Jeanne beobachtete Lisbeth, die in der Box genüsslich ihr Heu fraß.

– „Vor einer halben Stunde hat sie im Hänger so randaliert, dass ich dachte, es sei etwas passiert. Nein! Die kleine Dame stand da, wollte raus und schrie wie verrückt, ohne Halfter habe ich sie zur Box gebracht, seitdem frisst sie und trinkt."

– „Wie war es mit ihren Beinen?"

– „Naja, sie lahmt schon stark, geht langsam… mal sehen, wie es morgen ist."

– „Ich glaube, sie fühlt sich wohl."

– „Das kannst du laut sagen" meinte Lisbeth, „so schönes Heu und so liebe Menschen, ich konnte mir so etwas nie vorstellen.".

Später wurden die anderen Pferde in den Stall gebracht, Victor stand neben Lisbeth.

– „Hallo, Kleine, wie geht es dir?", fragte der freundliche Wallach, „Ich heiße Victor."

– „Hallo Victor, ich bin Lisbeth und mir gehts jetzt viel besser. Was für ein Glück, hier zu sein!"

– „Das stimmt, wir sind bei lieben Menschen, sie kümmern sich gut um uns."

Der Große und die Kleine erzählten sich gegenseitig aus ihrem Leben, es war schon spät, als sie sich endlich hinlegten. Im Haus hatten die vier Freunde einen Plan für die Rettung der anderen Ponys geschmiedet und gingen ins Bett.

Am nächsten Tag war Lisbeth munterer, Patrick hatte ein kleines Halfter gebastelt und Clarisse ging mit ihr zum Grasen, was das Pony sehr freute, bald kam der Tierarzt wieder.

– „Es geht ihr viel besser! Ich hätte es nicht gedacht, die Schwellung ist gut zurückgegangen, ich kann sie röntgen."

– „Gut, röntgen Sie bitte auch die Karpalgelenke und die Fesselgelenke, so bekommen wir einen Eindruck von dem Gesamtzustand ihrer Beine."

Dann zeigte er auf dem Bildschirm die Bilder.

– „Sehen Sie, sie hat Spat am Sprunggelenk, glücklicherweise sind die Karpalgelenke und Fesselgelenke in Ordnung. Ich weiß nicht, seit wann sie im Kreis läuft, aber nicht seit gestern… Also, Ruhe, gutes Mineralfutter, Schmerzmittel. Wenn es ihr nicht mehr weh tut, kann man in die Gelenke etwas spritzen, damit sie besser geschmiert werden. Die Spritze von gestern wirkt noch, ab heute Abend geben Sie ihr ein orales Schmerzmittel, ich lasse eine Flasche da."

– „Brauchen wir nicht, danke, ich habe eine da." antwortete Jeanne.

– „Gut, dann beobachten und wenn etwas ist, komme ich vorbei. Alles Gute Lisbeth!"

Der Tierarzt war weg, Clarisse und Jeanne besprachen, wie Lisbeth weiter behandelt werden sollte. Am Abend fuhr Clarisse mit dem Zug nach Paris zurück, Erwan fuhr in die Bretagne.

Victor und Lisbeth blieben noch eine Weile in der Normandie, bevor sie in ihr endgültiges Zuhause in der Bretagne umzogen. Während dieser Zeit hatten es die Freunde geschafft, alle anderen Ponys zu befreien und zur großen Freude von

Lisbeth hatten Jeanne und Patrick ein Pony aufgenommen. Jetzt lebte jedes Pferdchen bei netten Leuten, wurde gepflegt und musste nie wieder im Kreis auf dem Volksfest laufen. Es war sowieso seit zwei Jahren illegal, aber die Tierschutzgesetze brauchten lang, bis sie angewendet wurden. Wenn überhaupt…

Im nächsten Frühling war es so weit, Victor und Lisbeth verließen die Normandie. Sie waren traurig, ihre Freunde hinter sich zu lassen, aber sie blieben immerhin zusammen und die Reise war nicht zu lang. Victor entdeckte auf der Fahrt zu dem neuen Zuhause das Meer und war davon sehr angetan, Lisbeth kannte es schon.

Das Leben pendelte sich wieder ein, die Pferde hatten den Hund Flamenco und die Hühner kennengelernt, die Landschaft gefiel Victor und er hoffte, das Meer näher zu sehen. Er liebte es, die salzige Luft tief einzuatmen, ebenso fand er das oft stürmische Wetter faszinierend und mochte es, im Schutze seiner Box den Himmel voller zerrissener, schwarzer Wolken zu beobachten. Der peitschende Wind mit dem Meergeruch krachte und pfiff aus allen Richtungen und so schnell wie ein Sturm da war, so schnell verschwand er auch wieder. Die Sonne verjagte dann die letzten Wolken und übernahm die Kontrolle über den Himmel.

An diesem Morgen war es so weit, Victor wurde von Clarisse gesattelt und sie ritten den kleinen Weg in Richtung Strand, Victor freute sich sehr, tänzelte und wieherte, auch Flamenco war zum ersten Mal mit ihm dabei, er trug ein Geschirr mit einer langen Leine. Lisbeth war sauer, weil sie auf dem Paddock bleiben musste.

– „Nächstes Mal bist du dabei, Lisbeth!“ sagte Clarisse zu ihr.

Flamenco benahm sich musterhaft, passte sich an den Gang des Pferdes an und störte weder Victor noch Clarisse. Sie hatten einen schönen Tag erwischt, sonnig, fast ohne Wind, das Meer glänzte ruhig in der Weite, der Weg ging entlang der Felsen in Richtung des Strands. Victor hörte das Rauschen der Wellen, die auf die Felsen krachten und schmeckte die salzige Gischt auf seinen Lippen, er schaute den Seevögeln nach, die schrien und in der Sonne über den Ozean segelten. Es dauerte ein bisschen, bis sie den Weg erreichten, der direkt zum Strand führte und dann blieb Victor erstmal stehen, er starrte auf die Wellen, die ruhig auf den Sand rollten. Er hatte keine Angst, im Gegenteil, er empfand eine überwältigende Freude.

– „Na, Victor, gefällt es dir? Wir versuchen einen kleinen Galopp, Flamenco, nicht Vollgas laufen!".

Sie waren jetzt am Rand der Wellen angekommen, deren Schaum auf die Hufe von Victor floss. Das Meer war noch sehr kalt, es war erst April, aber er fand es trotzdem schön. Clarisse schloss leicht die Beine, das Pferd sprang nach vorne und verfiel in einen prickelnden Galopp, daneben lief Flamenco im gleichen Tempo, was für einen Galgo[3] ein ruhiges Rennen war… Der Strand war nicht kilometerlang, aber lang genug für eine spritzige Runde. Clarisse parierte und Victor fiel in den Trab zurück, dann in den Schritt, er schnaubte ordentlich und fühlte sich wohl.

– „Ich glaube, du liebst es, dann galoppieren wir zurück.". Sie wollte ihr Pferd loslassen, als sie plötzlich anhielt.

– „Warte Victor, da drüben liegt etwas, wir sollten es uns anschauen…"

3) Spanischer Windhund.

Sie ging langsam im Schritt, bis sie einen toten Delfin[4] sah. Victor hatte noch nie einen Delfin gesehen, dieser Anblick brach ihm das Herz. Die Augen des Meerestieres waren glasig, halbgeschlossen, seine Nase blutig und überall auf seiner glatten Haut waren tiefe Kerben zu sehen. Flamenco roch an ihm, das Pferd senkte seinen Kopf, berührt ihn sanft mit seinen Lippen, während Clarisse weinte. Die Lust am Rennen war allen dreien vergangen.

Auf dem Rückweg konnte Victor schöne Pfeiftöne und Trillern hören, die vom Meer kamen, er hatte sie auf dem Hinweg nicht wahrgenommen.

– „Flamenco, hörst du auch diesen schönen Gesang, was ist das?“

– „Ja, ich höre sie, es sind die Delfine.“

– „So schöne Tiere und eines von ihnen ist tot.“

– „Wenn es nur eins wäre, so viele werden aus dem Meer an den Strand gespült.“

– „Sind sie krank?“

– „Manchmal vielleicht, aber sie sind insgesamt krank durch den Menschen.“

– „Wie denn das?“

– „Wir sind fast zuhause, später erzähle ich dir alles, Victor.“

Clarisse wischte die Beine des Wallachs wegen des Salzes und des Sandes ab, gab beiden Pferden ihr Heu, Erwan war schon da und bemerkte, wie betrübt seine Frau war. Er half ihr, den Paddock sauber zu machen und dann gingen sie ins Haus.

---

4) Im Januar 2023 sind fast 200 Delfine von den Fischern als Beifang getötet worden oder sind tot gestrandet. Jedes Jahr werden es immer mehr.

– „Was ist los mit dir, Clarisse?“

– „Erwan, es liegt schon wieder ein toter Delfin auf dem Strand…“

– „Gestern bin ich mit Flamenco spazieren gegangen, er war noch nicht da.“

– „Wahrscheinlich hat ihn die Flut gebracht und er ist bei Ebbe zurückgeblieben. Er ist fürchterlich von Netzen zugerichtet worden, überall sind Kerben auf seinem Körper… langsam reicht es, jede Woche finden wir tote Tiere.“

– „Ja, ich weiß.“

– „Victor war so traurig, so ein liebes Pferd und Flamenco war auch so mitfühlend. Es war für Victor sein erster Ausritt am Strand, er war so glücklich und dann das. So viele Leute beschweren sich über dieses Blutbad, Meeresschutzorganisationen versuchen seit Jahren, die mörderische Fischerei zu stoppen, aber nichts wird gemacht, außer die toten Tiere abzuholen.“

– „Das Meer wird leer gefischt, die Schiffe fahren immer weiter und fangen alles, was lebt. Mit diesen Schleppnetzen machen sie den Meeresgrund kaputt und die Delfine haben keine Chance, wenn sie sich darin verfangen. Überhaupt, was sind das für Fischer! Mit dem Radar eruieren sie die Position des Schwarms und Zack! Werfen sie das Netz aus, egal ob es Jungtiere sind, die sich noch nicht einmal fortpflanzen können, es wird nicht darauf geachtet, Hauptsache voll beladen zum Hafen zurück, damit die Menschen überall und jeden Tag Fisch essen können.“

– „Es ist grausam. Aber nicht nur die industrielle Fischerei schadet den Delfinen, die anderen Fischer genauso. Das Meer ist leer und sie beschuldigen die Delfine! Wie kann man so denken? Sehen sie nicht die irrsinnige Menge an Fischen, die jeden Tag auf dem Markt angeboten wird, sind sie blind? Wenn ein Delfin noch lebendig hochgezogen wird, töten sie ihn deshalb und werfen ihn über Bord. Es gibt Vorschriften, aber sie werden nicht respektiert. Sie reden immer von ihrer Existenz, dürfen die Meerestiere keine Existenz haben?"

– „Komm, regen wir uns nicht auf, es wird sich ändern. Schau, die sechs Ponys sind jetzt frei, der Typ wird nie mehr sein Karussell drehen lassen können, es hat lange gedauert, aber es ist Realität geworden. Für die Delfine wird es sich auch verändern, wir dürfen die Hoffnung nicht aufgeben."

– „Du hast Recht, aber sei ehrlich, zwischen der grünen Pest, der Überfischung und dem Plastik haben es das Meer und seine Bewohner schwer."

Die beiden umarmten sich unter dem Blick von Flamenco, der brav in seinem Korb lag.

Nach dem Mittagsessen fuhr Erwan wieder los, er hatte zwei Beratungen geplant und freute sich über das wachsende Interesse der Landwirte an der biologischen Landwirtschaft. Einfach war es nicht, durch die jahrelange Überdüngung waren die Böden sauer, mineralisch tot, es fehlten die guten Bakterien und Mikroorganismen, die einen Boden gesund und fruchtbar machten. Die ersten Ernten waren mickrig, es dauerte ein paar Jahre, bis sie richtig ertragreich wurden. Deshalb hielten viele diesen Übergangszustand nicht aus und kehrten zum konventionellen Betrieb zurück, was Erwan jedes Mal das Herz brach. Nun, Bio-Artischocken und Blumenkohl verkauften sich besser und der neueste Trend war der direkte Verkauf am Hof, was den Gemüsebauern viel Geld sparte und er hoffte, dass der Trend sich großflächig etablieren würde.

Die Gemüsebauern waren offener für Änderungen und

dafür, neue Wege einzuschlagen, sie sahen selbst die verheerenden Folgen der industriellen Landwirtschaft auf das Meer durch die Vermehrung der grünen Algen. Erwan hatte aufgehört, Landwirte mit Tierhaltung zu beraten, der Wille etwas zu ändern fehlte, die Art, wie sie ihre Tiere behandelten, war ihm ebenfalls zuwider. Leider war die Bretagne eine Hochburg für Schweinefleisch aus Massentierhaltung, nirgendwo in Frankreich gab es so viele gezüchtete Schweine wie im Westen des Landes und neu genehmigte Betriebe öffneten jedes Jahr ihre Türen, gegen den Willen der Bevölkerung und der Naturschützer. Erwan erinnerte sich an seine erste und letzte Beratung bei einem Schweinezüchter und was er im Stall sah, verfolgte ihn mehrere Nächte lang. Der Besitzer nahm keine Notiz von dem Leid, das er den Tieren zufügte, er war nur an dem Biosiegel interessiert und wie man es am schnellsten bekam. Stroh statt Spaltböden, frische Luft statt Ammoniakgestank, Tageslicht statt Dunkelheit, Bewegung auf der Wiese, statt in kleine Buchten eingepfercht zu werden, keine Kästen für die Säue und überhaupt weniger Tiere, das alles konnte er sich nicht vorstellen. Erwan hatte versucht, ihn mit allen rationalen Argumenten zu überzeugen: Wenn sie frei liefen, würde weniger Gülle produziert werden, auch würde das Stroh die Böden weniger belasten als die Gülle, die Felder konnte er für den Anbau von Biogetreide benutzen, Gerste würde sich zum Beispiel als Futtermittel für die Schweine anbieten, es gab jedoch immer ein Aber. Am Ende wurde Erwan bewusst, er hatte hier seine Zeit verschwendet und er sagte dem Schweinezüchter:

– „Eigentlich sind die grünen Algen, die durch Sie und Ihre Kollegen produziert werden, Ihnen egal. Lieber das Meer, die Flüsse und die Böden vergiften und den Tieren kein würdiges Leben bieten, anstatt etwas zu ändern, nicht wahr?“

– „Die Industrie ist genauso schuld an dem Problem mit den grünen Algen."

– „Entschuldigung, es ist bewiesen, dass der Hauptteil von den Tierhaltern kommt. Überlegen Sie es sich und wenn Sie die Änderungen vornehmen wollen, melden Sie sich. Au revoir!"

Von diesem Tag an hatte er entschieden, nie wieder diese Industrie zu beraten, es überstieg seine Kräfte. Beim Fahren dachte er an den letzten Sommer, als die schönsten Strände im Norden der Bretagne von der grünen Pest komplett bedeckt waren. Bis jetzt war der Strand, wo Clarisse mit Victor und Flamenco war, frei davon geblieben, es könnte sich jedoch schlagartig ändern, ein Damoklesschwert schwebte über der Küste. Die betroffenen Städte und Gemeinden ließen regelmäßig die Algen entfernen, jeden Tag fuhren LKWs und Bagger in der Früh los und machten die Strände für die Touristen sauber. Eine Sisyphusarbeit, welche die Ursache nicht beseitigte. Die Verschmutzung der Flüsse durch den Überschuss an Nitrat, das sich tief in den Böden mit Regenwasser vermischte, blieb das Problem. Trotz aller möglichen Regelungen, Untersuchungen und Pläne stagnierte die Behebung der Situation, man gewöhnte es sich an, die Strände zu säubern oder sogar zu sperren und es wurden noch mehr Tierfabriken auf diesem Landstrich, der schon viel zu viele beherbergte. Die Welt stand Kopf, Erwan seufzte und parkte vor seinem Büro.

Clarisse konnte sich schwer auf ihre Arbeit konzentrieren. Immer wieder tauchte das Bild von dem toten Delfin vor ihren Augen auf. Nach einem Nickerchen war Flamenco zu den Pferden gegangen, der hochbeinige, elegante, sandfarbene Hund hatte ein schlimmes Leben hinter sich und freute sich jede Minute über sein Glück. Von Natur aus sanft und sensibel fand der spanische Windhund einen idealen Freund in Victor, Lisbeth war ihm ein Rätsel, er mochte sie auch, aber er verstand nicht, warum sie so klein war.

– „Hallo ihr beiden! Seid ihr wach?“

– „Ach! Flami, ja sicher sind wir wach, wir pennen nicht den ganzen Tag, wie die Hunde.“, antwortete Lisbeth.

– „Ich penne nicht den ganzen Tag… nach unserem Spaziergang mit makabrer Entdeckung brauchte ich Erholung, meine Liebe.“

– „Ich eigentlich auch, jetzt erzähl uns, warum diese schönen Tiere stranden?“ sagte Victor.

– „Seit ich bei Clarisse und Erwan bin, sprechen sie von toten Delfinen. Bevor ihr gekommen seid, habe ich mit Erwan woanders gewohnt, Clarisse kam manchmal am Wochenende, aber nicht immer, wegen deines Victors. Erwan ließ mich deshalb bei seiner Schwester, das erstes Mal hatte ich Angst, ihn nie wieder zu sehen… wir gingen oft am Strand spazieren, immer wieder fanden wir leblose Delfine, fürchterlich verletzt. Was ich immer höre, ist, dass es die Fischer sind, die sie töten, absichtlich oder unabsichtlich, wer weiß das schon.“

– „Ich möchte sie so gern treffen, sie singen so schön.“

– „Dann musst du ins Meer reingehen.“

– „Ach, ja… das ist eine Idee.“

– „Victor, die Meerjungfrau!“, lachte Lisbeth.

– „Dummes Pony! Sag mal Flami, wie bist du zu unseren beiden lieben Menschen gekommen? Ich war ja ein Schulpferd und Lisbeth ein Karussellpony, und du, was warst du?“

– „Freunde, ist das so wichtig? Es war so eine unglückliche Zeit…“

– „Ja, man will sie lieber vergessen.“

– „Oder es tut gut, darüber zu sprechen.“

– „Vielleicht hast du Recht, Lisbeth. Ich war ein Jagdhund, weil ich sehr schnell rennen kann, in Spanien werden wir für die Jagd auf Kaninchen oder Hasen trainiert. Wir jagen zu zweit, je nachdem wie erfolgreich wir in der Jagdsaison sind, behalten uns die Jäger oder nicht, die meisten werden getötet. Außerhalb der Jagdsaison leben wir in Zwingern.“

– „Was ist ein Zwinger?“

– „Ein großer Käfig für Hunde. Wir langweilen uns zu Tode, ab und zu lassen sie uns laufen, um zu trainieren. Nach ein paar Jagdsaisons ist mein Freund langsamer geworden, er war einfach müde, hatte dieses Leben ohne Liebe satt, noch dazu eingesperrt und schlecht gefüttert. Sie füttern uns erst kurz vor der Jagd besser.“

– „Und dann?“

– „Er ist verschwunden. Der Jäger hat ihn eines Tag ohne mich geholt und ich habe ihn nie wieder gesehen. Oder doch, als getrocknete Leiche an einen Baum gehängt.“

– „Wie bitte?“

– „Ja, so war es. Nach einer Jagd habe ich die Jäger gehört, wie sie die Entsorgung von Kameraden schon planten und sie lachten dazu. Es heißt der Tanz des Teufels: Sie hängen uns mit einem Draht oder Seil an einen Baum, aber sie lassen unsere Hinterpfoten ein paar Zentimeter über den Boden schleifen und bei jedem Versuch, uns zu befreien, ersticken wir so langsam über viele Stunden hinweg.“

– „Oh! Flami!“

– „Der Jäger hat einen neuen Hund geholt, ich sollte mit ihm trainieren, und in dem Olivenhain habe ich meinen Freund an einem Ast gesehen und gedacht, ich werde wahrscheinlich genauso enden. Es war schwierig, mich an den neuen Hund anzupassen, er war jünger, schneller, ich war erfahren, aber langsamer. Um es kurz zu machen, die Saison lief miserabel und den Jäger machte mich verantwortlich dafür. Ich spürte, dass meine Tage gezählt waren, aber wie mein Freund wollte ich nicht sterben.“

– „Was hast du gemacht?“

– „Eines Morgens wollte er mich aus dem Zwinger holen, er hatte einen Draht in der Hand, nicht mein Geschirr, dann habe ich verstanden und bin blitzschnell geflüchtet, als er die Tür geöffnet hat. Diese Menschen sind es nicht gewohnt, dass wir ihnen nicht gehorchen, unsere Natur ist sanft, deshalb können sie uns skrupellos ausnutzen, ich habe ihn einfach überrascht.“

– „War er nicht hinter dir her?“

– „Lisbeth, ein Mensch kann nicht so schnell laufen wie ein Galgo und er war froh, mich los zu sein, egal ob ich überlebe oder nicht. Ich bin tagelang gelaufen, am ersten Tag habe ich noch ein Kaninchen erwischt, dann war Schluss. Ich hatte keine Kraft mehr, meine Pfoten waren wund und blutig, sie haben so gebrannt und meine Gelenke waren stark geschwollen. Ich hatte Durst, fand aber kein Wasser. Irgendwann, irgendwie ging ich am Rand einer kleinen Straße, ich humpelte schwer mit meinen verletzten Pfoten, von Weitem sah ich ein geparktes Auto, zwei Menschen standen da und machten Fotos. Ich wusste nicht, ob diese Menschen nett oder böse waren, aber ein bisschen Wasser würden sie mir doch nicht verweigern."

– „Es waren Clarisse und Erwan, nicht wahr?"

– „Ja. Sie hat mich zuerst gesehen, beide haben mir Wasser gegeben und mich dann ins Auto gebracht, ich war am Ende. Es war wie ein Traum, ich wurde gestreichelt, sie sprachen nett und leise mit mir und brachten mich zum Tierarzt, der in dieser Gegend nicht einfach zu finden war. Ich hatte so Angst, diese lieben Menschen zu verlieren und erneut bei einem Jäger zu leben, aber meine Pfoten wurden behandelt, ich bekam zu fressen und vor allem spürte ich Liebe, zum ersten Mal in meinem Leben."

– „Es war bei mir genauso, als Clarisse mich aus dem Karussell befreit hat. Und du Victor?"

– „Die Liebe habe ich nur von Clarisse bekommen, ich hatte genug zu fressen, geschlagen wurde ich auch nicht, aber jeden Tag unzählige Menschen, oft nicht sehr feinfühlig, auf meinem Rücken zu tragen, hat mich schon sehr angestrengt. Sicher, manche waren nett, haben mir einen Apfel oder Karotten nach dem Reiten gegeben, aber Liebe ist etwas anders. Sprich weiter, Flami…"

– „Wir sind noch eine Weile in meinem Land geblieben, Clarisse hatte mir winzige Kügelchen gegeben und meine Pfoten heilten schnell, ich konnte wieder ohne Schmerzen laufen. Dann sind wir lang, sehr lang gefahren, es war mir egal, mit diesen Menschen wäre ich bis ans Ende der Welt gefahren, ich war und bin immer noch so glücklich, plötzlich waren wir hier am Meer angekommen."

– „Es ist ein Segen von Gott, dass wir hier sind…"

– „Es stimmt, Victor!"

So verlief das Leben ruhig und harmonisch für Tiere und Menschen, jetzt war es Ende Mai, Victor und der Windhund schmiedeten Pläne. Seine Sehnsucht nach den Delfinen stieg jedes Mal, wenn er mit Clarisse zum Strand ging, sie sahen sie in der Weite im Meer schwimmen, in der Sonne schienen sie aus Silber zu bestehen, mühelos und elegant spielten sie mit dem Ozean, die Tänzer des Meeres. Das Pferd hörte den Gesang der schönen Tiere, es hätte ihnen stundenlang lauschen können. Inzwischen lief Flamenco ohne Leine, wenn Victor galoppierte, rannte er neben ihm, er war so schnell, so agil, das Rennen machte ihm Spaß, manchmal stand er da und schaute den Delfinen in der Weite zu. Lisbeth war ab und zu dabei, es war erstaunlich, wie das kleine Pony mit seinen kurzen Beinen das Tempo von Victor halten konnte, danach war sie immer aufgeregt, tänzelte und wieherte stolz über ihre Leistung. So nah am Meer war sie nie gewesen und es machte ihr ein bisschen Angst, aber der Gesang der Delfine beruhigte sie.

Langsam lief die Feriensaison an, die Urlauber waren überall unterwegs, auf dem Strand durfte nur zu bestimmten Zeiten geritten werden, ganz in der Früh oder am Abend, und die Hunde mussten angeleint werden. Deshalb ritt Clarisse weniger am Meer, entdeckte neue schöne Wege, aber Flamenco und Victor waren nicht begeistert davon, obwohl sie rennen konnten. Außerdem war der Galgo wieder an der Leine, Clarisse hatte Angst, dass die Gerüche aus den Wäldern und Wiesen seinen Jagdtrieb wieder entflammten, obwohl Windhunde auf Sicht jagen und nicht auf Fährte. Flamenco hatte mehr als genug von der Jagd, doch das konnte er der Frau nicht sagen und ging brav mit seinem Geschirr neben seinem Freund.

Der Sommer in der Bretagne präsentierte sich wechselhaft, es konnte eimerweise regen, dann kam die Sonne und die Wärme oder umgekehrt. Keines von den Tieren kannte so etwas. Hitze und Trockenheit waren für den Galgo der Normalzustand. Schwüle, Hitze und Regen erlebte Victor während der Sommer in Paris und Lisbeth musste sich mit fast jedem Tag Regen mit wenig Sonne in der Normandie zufriedengeben. Diese unsichere Wetterlage ließen Victor und Flamenco grübeln, wie konnten sie einen Ausflug zum Strand planen? Keiner von beiden wollte bei Sturm oder Regen in der Nacht zum Strand gehen, außerdem hatten sie bemerkt, dass das Meer nicht immer an der gleichen Stelle blieb, es war sehr mysteriös[5]...

– „Flami, wir brauchen eine ruhige Nacht, den Weg kennen wir gut und lange werden wir nicht bei den Delfinen bleiben, wenn sie überhaupt da sind..."

– „Wir machen es spontan! Wenn die Nacht klar und windstill ist, hauen wir ab."

– „Wie willst du abhauen? Du schläfst immer im Haus, sie werden dich niemals rauslassen!"

– „Ach! Du hast Recht!"

– „Oder du kommst am Abend mit Clarisse mit, wenn sie uns in unsere Boxen einschließt und legst dich demonstrativ in meine rein. Entweder lässt sie dich hier schlafen oder, Pech gehabt, sie zwingt dich ins Haus zurück. Probieren wir es."

Die Nacht am Strand

Die Tiere beobachteten eifrig jeden Tag das Wetter, bis endlich ihr Wunsch in Erfüllung ging. Am Tag war der Himmel wolkenlos, keine Änderung schien am Abend einzutreten, es war windstill und ein Viertelmond streute ein blasses

---

5) Ebbe und Flut.

Licht auf die Landschaft. „Heute oder nie, Flami!“ sagte Victor. Am Abend kam der Hund mit Clarisse mit, schlich sich in Victors Box und legte sich im Stroh hin.

– „Flami, was tust du denn, komm raus! Du kannst doch nicht bei Victor schlafen!“. Flami blieb liegen, spannte seine Schlappohren an und starrte die Frau besonders intensiv an.

– „Du willst nicht raus? Na dann, ich hoffe, ihr werdet gut schlafen, morgen reiten wir eine große Tour.“

Sie verriegelte die Boxentüre, gab jedem ein Leckerli und ging zurück ins Haus.

– „Wo ist Flamenco?“

– „Er wollte bei Victor bleiben, vielleicht ist es ihm heute im Haus zu warm.“

– „So warm ist es auch wieder nicht, ich hoffe, er springt nicht über die Tür.“

– „Nein, das glaube ich nicht.“

Es war schon zehn Uhr vorbei, als Clarisse die Pferde und den Hund für die restliche Nacht einsperrte. Sie warteten noch bis es im Haus ganz still wurde, sie wollten sicher sein, dass Clarisse oder Erwan nicht noch einmal rausgingen.

– „Ich glaube, jetzt können wir“, sagte Victor,

– „Kannst du den Riegel öffnen?“

– „Ja, ja, das kann ich.“

Der Wallach bearbeitete den Riegel mit seinen Lippen, nach und nach schob er ihn auf die Seite, drückte die Tür mit seiner Brust, bis sie sich öffnete. Victor und Flamenco waren jetzt auf dem Paddock.

– „Und ich?“ sagte Lisbeth „Ich will auch mit!“

– „Nein! Du bleibst hier, es ist zu anstrengend für dich.“

– „Öffne die Tür Victor! Sonst schlage ich an die Wände bis unsere Menschen kommen!“

– „Du kleines Biest!“

– „So ist es!“

Von draußen war es schwieriger, den Riegel zu verschieben und es dauerte länger.

– „Jetzt drück mit aller Kraft gegen die Tür.“

Lisbeth drehte sich um und stemmte ihre Kruppe gegen die Tür, bis sie aufging. Flamenco war schon draußen, aber für die Pferde musste das Metalltor weit geöffnet werden. Eine schwere Kette diente als Absperrung, Victor war ein wenig ratlos, es war nicht so leicht, die Kette zu entfernen, und er war sauer auf Lisbeth.

– „Vorher waren es nur Holzstangen, es wäre ein Klacks gewesen sie zu verschieben! Aber verfressen wie du bist, musstest du permanent durch die Stange auf die Wiese abhauen und so haben sie dieses verdammte Tor montiert!“

– „Streiten bringt uns nicht weiter, es ist wie es ist. Lass mich überlegen… Schau, da ist eine dicke Schraube in dem Rohr, versuch mit den Zähnen die Schraube nach oben zu ziehen“

Das Pferd packte mit den Vorderzähnen den Kopf der Schraube und zog ihn raus, das Tor war geöffnet.

– „Und eines sage ich dir, ich will deine Jammerei nicht hören und noch weniger auf dich warten, weil du fressen willst.“

– „Jaaa…“

– „Jetzt ganz vorsichtig am Rand über das Gras gehen, nicht auf dem Pflaster.“

Bald waren die drei Tiere auf dem Weg zum Strand, Flamenco führte den Zug vorne an, Lisbeth folgte zwischen dem Hund und dem großen Pferd. Sie brauchten keine Straßen zu überqueren und mussten an keinen Wohnhäusern vorbei. Der Galgo hatte ein schnelles Tempo vorgelegt, die beiden Pferde folgten problemlos, obwohl das Pony traben musste, um mithalten zu können. Von dem Mond leicht beleuchtet, sahen sie in der Ferne den Strand, das Meer war ruhig, glitzerte in tausend lebendigen Lichtern, es roch nach Jod und Tang. Die Luft war angenehm frisch, sie liefen jetzt im Sand, näherten sich dem Wasser, das leicht auf Hufen und Pfoten plätscherte.

– „Das Wasser ist schon kalt,“ sagte Flamenco.

– „Was machen wir jetzt?“

– „Wir rufen die Delfine!“ sagte Victor, „Entweder verstehen sie uns oder nicht. Oh! Ich höre ihren Gesang, sie sind da!“

– „Ja, ich auch!“

– „Sie sind sogar ganz nah!“ staunte Lisbeth.

Victor sprach in seinen Gedanken zu den Delfinen, die Trillertöne und das Pfeifen wurden stärker, plötzlich spürte er durch einen stärkeren Ton, wie sein Körper vibrierte, kurz danach sahen sie die silbrigen Tiere zu ihnen schwimmen. Sie machten nicht weit vom Ufer weg halt, die Pferde und der Hund konnten mehrere Köpfe an der Oberfläche sehen und die Blasrohre hören.

– „Hallo Freunde, ich bin Victor das Pferd, neben mir sind

Lisbeth das Pony und Flamenco der Windhund.“

Eine kristalline Stimme meldete sich, sie vibrierte in seltsamen Tönen, die unter die Haut von Pferd, Pony und Hund ging.

– „Hallo, meine Lieben! Schön, euch zu sehen, es ist so selten, dass wir Besuch von Landtieren bekommen.“

Der Satz zersprang in unzählige Kristalltöne in ihren Ohren.

– „Warum seid ihr hier?“

– „Oh! Wir wollten euch nicht stören, einfach um euch kennenzulernen.“

– „Es ist sehr lieb von euch, wir freuen uns, ich heiße Infinity und da sind noch Eternity, Memory, Space und Flow.“

– „Ihr habt aber schöne Namen!“ sagte Lisbeth.

– „Findest du?“

Und die Delfine lachten, Vibrationen und Töne zerstreuten sich in der Luft.

– „Wir hören euch immer wieder, wenn wir mit unseren Menschen hierherkommen, wir wollten euch einfach treffen und uns mit euch unterhalten.“

– „Ja, wir haben euch auch mehrmals gesehen, ihr lauft so schnell, wie wir im Meer schwimmen.“

– „Ich bin sicher, ihr seid schneller.“

– „Vielleicht, es ist aber nicht wichtig.“

Das Meer rasselte leise um die Delfine herum, durch das Mondlicht wurden sie immer besser sichtbar.

– „Erzählt ihr uns von eurem Leben als Landtiere?“

– „Ich glaube, so aufregend ist es nicht, Infinity, wir sind nicht frei wie ihr, wir leben eng mit den Menschen zusammen.“, sagte Victor.

– „Aber ihr seid doch allein hier, ohne Menschen?“

– „Sagen wir so, wir haben uns den Abend freigenommen…“

– „Seid ihr glücklich mit den Menschen?“

Flamenco und die Pferde sahen sich gegenseitig an.

– „Schwierige Frage…“ sagte der Hund, „Jetzt sind wir alle drei mit unseren Menschen sehr glücklich, aber vorher hatten wir kein schönes Leben. Es gibt viele Sorten von Menschen, aber für uns Tiere gibt es nur zwei: Die, die uns lieben, und die, die uns quälen oder denen wir egal sind.“

– „Das ist sehr traurig… Habt ihr Familie?“

– „Eternity, wir haben keine Familie, wir gehören den Menschen, sie sind unsere Familie. Mutter, Vater oder Geschwister kennen wir nur kurz, dann landen wir bei den Menschen und bleiben bei ihnen. Wir haben Freunde, die sind für uns wie eine Familie. Wie ist es bei euch?“

Infinity trillerte ganz leise und antwortete:

– „Bei uns ist es anders, wir leben zusammen als Familie, es ist unser Schutz. Es gibt einsame Delfine, sie haben es schwer.“

– „Ihr habt eure Freiheit, es ist doch das Schönste und das Meer ist so groß, so viel Platz haben wir nicht.“

– „Nein, Victor, das Meer ist sehr groß, ja, aber wir haben nicht mehr so viel Platz.“

– „Wirklich nicht?“

– „Ja, die Menschen haben auch die Ozeane und ihre Bewohner in Besitz genommen, sie töten uns, weil wir existieren. Am liebsten hätten sie das Meer voll mit Fischen, die sie jeden Tag fangen können und das nur für sie allein.“

– „Es gibt auch solche, die uns lieben und schützen.“

– „Ja, Eternity, da hast du Recht. Hier in dieser Bucht sind wir in Sicherheit, oft treffen wir Menschen unter Wasser, sie tragen komische Dinge bei sich, vor den Augen, an den Füßen und am Rücken[6], sie halten auch seltsame Boxen[7] in der Hand, ich weiß nicht, was sie damit tun, aber es scheint sie glücklich zu machen, uns mit diesem Ding anzuschauen. Sie schwimmen so unbeholfen und so langsam! Nun, hier gibt es fast keine Fische mehr für uns und wir müssen in der Hochsee jagen, was nicht ungefährlich für uns ist.“

– „Mehrmals haben wir tote Delfine auf dem Strand gesehen, oft mit schlimmen Verletzungen, überall auf ihren Körpern.“ sagte Flamenco.

– „Freunde, wenn das Meer sich später zurückzieht, werden zwei Brüder oder Schwestern dort liegen…“

– „Nein!“

– „Doch, wir haben sie schon gesehen, sie sind tot und werden durch die Strömung in Richtung Festland treiben.“

– „Aber was ist mit ihnen passiert?“

Die Delfine tauchten kurz unter Wasser, die Pferde und der Hund nahmen an, sie würden jetzt wegschwimmen, Schwin-

---

6) Tauchanzug und Flaschen.

7) Fotoapparat.

gungen von Traurigkeit überfielen sie, sie spürten den Kummer der Meerestiere. Dann tauchten die Delfine wieder auf, zur großen Freude ihrer neuen Freunde. Sie schwiegen, nur das Plätschern und die Geräusche ihrer Blasrohre durchbrachen die Stille, ihre Herzen waren schwer und sie stießen sanfte Triller aus, die die drei ganz tief berührten. Keiner von ihnen wagte es, sie anzusprechen, bis endlich die Kristallstimme von Infinity erneut erklang:

– „Zusammen mit den Walen sind wir die Hüter der Ozeane, wir verbinden die Meere mit dem Kosmos, wir schützen die Erde, Gott hat uns deswegen geschaffen und wir glauben fest daran, dass die Menschen, wie wir sie erleben, keine Schöpfung von Gott mehr sind."

– „Denkst du, das trifft auf alle Menschen zu?"

– „Das ist die Frage… Manche von ihnen tragen echte Liebe im Herzen, wir fühlen es, sie sind jedoch leider selten. Viele unserer Schwestern und Brüder werden in der ganzen Welt verfolgt, viele sterben, viel zu viele… Wenn ein Delfin oder ein Wal stirbt, stirbt eine Verbindung zu Gott."

– „Hasst du die Menschheit?"

– „Ich könnte sie hassen, will ich aber nicht. Wir sind friedliche Tiere, in einem Zustand des Friedens gibt es keinen Platz für Hass und Bosheit."

– „Wir, Pferde, sind reine Liebe, wir müssen mit den Menschen leben, es ist für uns sehr anstrengend, ich kann euch verstehen."

– „Ja, das haben wir sofort gespürt, deshalb sind wir zu euch geschwommen."

– „Und ich, bin ich nicht liebenswert, weil ich ein Hund bin?"

– „Doch, Flamenco, du schwingst aber anders, nun, dein Herz ist rein und das rettet deine Seele.“

– „Ich habe unter den Menschen viel gelitten, aber ich habe auch anderen Tieren viel Leid zugefügt, ich bereue es sehr.“

– „Sei getröstet, Gott hat uns auch als Jäger erschaffen, wir müssen andere Lebewesen fressen… Es gibt aber einen großen Unterschied zu den Menschen: Wir entnehmen nur, was für uns nötig ist. Habt ihr eine Idee, was wir auf hoher See erleben? Sie werfen riesige, schwere Netze ins Meer, sie sinken auf den Grund und bedecken so viel Fläche auf einmal, die Fische und wir haben keine Chance zu entkommen. Wir können uns nicht befreien, wir ersticken oder werden durch die Masse an Fischen zerdrückt, die, wie wir, um ihr Leben kämpfen. Fische sind arme Kreaturen, Menschen hören sie nicht schreien, sie haben keine Stimme und selbst wenn sie sie hören würden, würde es für sie nichts ändern. Wir aber hören sie und es zerreißt uns das Herz. Viele sterben für nichts, sie werden später tot oder verletzt von den Schiffen zurück ins Meer geworfen. Freunde, was machen sie mit dieser Menge an Fischen und anderen Meeresbewohnern, die sie jeden Tag holen?“

– „Wir wissen es nicht.“

– „Doch,“ sagte Flamenco, „ganz in der Früh bin ich schon mit Erwan und Clarisse in die Stadt gegangen, sie haben einen Markt besucht, überall stapelten sich Kisten mit Eis und Fischen gefüllt. Auch sehr große Fische lagen auf Eis, sie schnappten noch nach Luft, andere Tiere lebten auch noch, wenn ich es richtig verstanden habe, waren es Hummer. Erwan hat eine Kiste gekauft, es waren mehrere drin, nicht sehr groß und ihre Zangen waren zusammengebunden.“

– „Haben eure Menschen sie gefressen?“ fragte Eternity.

– „Oh, nein! Sie essen keine Tiere. Erwan hat ein kleines Boot, später sind wir mit der Kiste auf das offene Meer gefahren. Sie haben mehrere bestimmte Stellen gesucht und nach und nach jedes Tier mit befreiten Zangen ins Meer gelassen. Und Clarisse hat gesagt, hier dürfen sie nicht fischen, die Hummer werden ihre Ruhe haben.“

– „Das sind aber nette Menschen!“

– „Ja, sicher! Ich höre ihre Gespräche mit, sie gehen oft auf solche Märkte, um zu schauen, was die Fischer verkaufen, das sie nicht verkaufen dürfen. Also, ich denke, die Fische werden verkauft.“

Es war schon Mitternacht und die Tiere unterhielten sich weiter, die Delfine waren sehr neugierig, möglichst viel über das Leben ihrer Freunde zu erfahren und waren ziemlich erstaunt darüber, was sie mit den Menschen erlebten. Ebenso interessiert waren die Pferde und der Hund an dem Leben im Meer.

– „Das Meer ist so schön und sauber, ihr habt ein wunderschönes Zuhause.“, sagte Victor.

Die Delfine kicherten.

– „Du täuschst dich, unser Zuhause ist zwar schön, aber sauber? Sicher nicht!“

– „Wieso nicht?“

– „Ihr seht die schöne Farbe bei Sonnenschein, es ist trügerisch, das Wasser selbst ist schmutzig, es schwimmen viele Dinge[8] herum, die manche Tiere fressen und davon sterben. Die Menschen machen uns krank. Seit Jahren beobachten

---

8) Müll und Plastik.

wir, wie sich grüne Algen bilden, massenweise werden sie von Strömungen auf die Strände gespült, wir verstehen nicht, was sich da abspielt. Wir schwimmen nicht in dieser grünen Suppe, wisst ihr etwas darüber?“

– „Wir nicht, aber Flamenco vielleicht?“

– „Ein wenig. Erwan und Clarisse sprechen oft von dieser Suppe. Wenn ich es richtig verstanden habe, gibt es Gift in dem Wasser der Flüsse, die sich wiederum ins Meer stürzen, dieses Gift mögen die Algen sehr gern und sie wachsen wie verrückt.“

– „Gift? Woher kommt es?“

– „Von Menschen, die Tiere halten, viele Tiere, Tiere, die die Menschen essen.“

– „Moment mal! Sie vergiften die Tiere, die sie essen?“, staunte Memory.

– „Ich weiß nicht genau, es gibt aber einen Zusammenhang zwischen dem Gift, den Tieren und den Algen, mehr weiß ich nicht. Ich verstehe vieles, leider nicht alles.“

Die Delfine tauchten wieder ein paar Minuten unter Wasser, sie stießen viele Töne und Triller aus, dann waren sie wieder da.

– „Sind sie dumm?“

– „Wer?“

– „Die Menschen! Sie vergiften das Wasser oder ihre Tiere, demnach werden das Meer, wir und sie selbst vergiftet.“

– „Vielleicht sind sie richtig verrückt?“, wandte Space ein.

Victor überlegte, durch seine Kontakte mit unterschiedlichen Menschen hatte er viel beobachten können.

– „Ich denke, sie sind nicht verrückt, dumm vielleicht, aber nicht alle. Ich glaube sie sind egoistisch, sie nehmen einfach alles, wenn sie meinen, es gehört ihnen. Ob Land, Ozean, Flüsse, die Tiere, die Pflanzen, sie nehmen alles und wollen nichts hergeben, oder nur sehr wenig."

– „Dann verpassen sie das Schönste im Leben. Einmal war ein Boot auf unserem Revier unterwegs, es war langsam und vorsichtig, was nicht üblich ist und dann haben sie gestoppt und gesungen. Es war so schön ihnen zuzuhören, wir sind ganz in die Nähe des Bootes geschwommen und an der Oberfläche aufgetaucht. Sie hielten still, sie schauten uns mit viel Liebe an, es waren zwei große Menschen und zwei kleine da."

– Es sind ihre Fohlen, also ihre Kinder."

– „Ja, das haben wir uns gedacht. Eines von den Kindern hat seine Hand ins Meer getaucht, es war ein weibliches Kind, das können wir sofort fühlen. Flow ist zu ihr geschwommen und sie hat ganz zärtlich ihre Nase berührt. Wir konnten ihren Herzschlag hören, die Liebe, die sie ausgestrahlt hat, war unheimlich schön. Wir haben uns gegenseitig Liebe gegeben. Das heißt, sie könnten, wenn sie wollten."

– „Die Menschheit ist für uns ein Rätsel, warum und wieso sie auf der Erde sind, wissen wir nicht."

– „Victor, wir sind viel länger auf der Erde, als die Menschen, als diese Menschheit. Noch einmal, für uns sind es keine Menschen mehr, die von Gott geschaffen wurden."

– „Wie kann das sein, Infinity? Erzähl uns mehr."

– „Kann ich nicht. Wir tragen die Geschichte der Erde von

Generation zu Generation, wir wissen es einfach, erklären kann ich das nicht, außer dass die Liebe sie verlassen hat, deshalb gehen sie so schlimm mit Tieren und Mutter Erde um."

– „Werden sie sich nicht ändern?"

– „Doch, es hat begonnen, dieses Kind und eure Menschen sind Beweise dafür, aber es wird noch lang dauern, bis sie es verstanden haben."

– „Ich möchte so gern mit euch im Meer schwimmen…"

– „Kannst du schwimmen, Victor?"

– „So gut wie ihr nicht, aber Pferde können schon schwimmen."

– „Dann komm!"

– „Ich auch, ich auch!" regte sich Lisbeth auf.

– „Und du Flamenco?"

– „Nein, ich bleibe hier, das Wasser ist zu kalt…"

Victor und Lisbeth gingen nach und nach ins Wasser, das Pony hatte schneller als der große Wallach keinen Meeresgrund unter ihren Hufen mehr, sie schwammen langsam weg vom Ufer. Flow und Space begleiteten Lisbeth, während Infinity, Eternity und Memory, Victor unterstützten.

Das Gefühl der Unendlichkeit überfiel die Pferde, sie spürten ihre Körper nicht mehr, sie waren so leicht, das stille Meer trug sie und sie hörten den Herzschlag ihrer neuen Freunde. Flamenco konnte sie bald nicht mehr sehen, es war ihm unverständlich, warum Victor und Lisbeth unbedingt den Delfinen in dieses kalte, schwarze Element folgen wollten. Er bekam Angst, seine Freunde zu verlieren.

Die Pferde waren jetzt weit im offenen Meer, Lisbeth fing

an zu frieren, sie wurde langsam müde, mit ihren Beinchen zu paddeln.

– „Ich glaube, ich muss zurück!“

– „Ja, wir denken auch.“

Ab und zu tauchte ihr Kopf unter Wasser, das Wasser floss in ihre Nüstern, sie hustete und schluckte noch mehr Wasser. Die Delfine spürten die Gefahr, in die Lisbeth geraten war, Flow drückte sich gegen ihre linke Flanke und Space gegen die andere Seite.

– „Beruhige dich Lisbeth, paddle weiter, wir halten dich oben.“

Das kleine Wesen schwamm langsam, die Delfine an ihren Körper gepresst, es dauerte, bis der Strand in Sicht war.

– „Du solltest das letzte Stück allein schaffen, es ist nicht mehr tief genug für uns.“

– „Ja, Freunde, ich schaffe das schon, es geht mir besser, ihr solltet euch nicht in Gefahr bringen.“

Lisbeth paddelte ohne die beiden Delfine weiter, es war nicht mehr weit zum Ufer, als sie endlich den Grund unter ihren Hufen spürte und aus dem Wasser zu Flamenco ging. Sie ließ sich unter den besorgten Blicken des Windhundes auf den Sand sinken.

– „Lisbeth! Gehts dir gut? Wo ist Victor? Es war so eine verrückte Idee!“

– „Es geht Flami, ich bin nur müde und es war sehr schön. Victor ist noch bei unseren Freunden.“

Victor war auf dem Rückweg, wie Lisbeth hatte er auf einmal die Kälte und die Müdigkeit gespürt, er war in eine Art von Bewusstlosigkeit gefallen, immer wieder tauchte sein

Kopf unter Wasser, es wurde immer schwieriger, seinen Körper an der Oberfläche zu halten.

– „Victor, du musst zurück, wir helfen dir!"

Wie vorher bei Lisbeth klebten sich Infinity und Memory an seine Seiten, während Eternity ihn sanft von hinten schob.

– „Paddle jetzt kräftig, es passiert dir nichts."

Das Pferd paddelte wieder, die Energie der Delfine floss in seinen Körper und ermöglichte es ihm, den Strand sicher zu erreichen. Bald verließen ihn die drei Delfine, er hatte jetzt Wasser bis zum Hals, seine Hufe standen bald auf dem Grund, er ging aus dem Meer und legte sich neben Lisbeth hin. Die Delfine waren noch da, stoßen Triller und Pfeiftöne aus.

– „Alles in Ordnung, Freunde?"

– „Danke Infinity, alles gut, es war sehr schön mit euch, ohne eure Hilfe wären wir nie zurückgekommen. Es war vielleicht törichit von uns zu glauben, dass wir so lang schwimmen könnten, lieben Dank."

– „Ach, es war eine Ehre für uns, euch in unser Reich zu begleiten. Dein Traum ist erfüllt und wenn du wieder zu uns kommen möchtest, schwimmen wir nicht so weit hinaus. Wir müssen euch jetzt verlassen, bis bald meine Lieben!"

– „Bis bald, passt auf euch auf, liebe Freunde, Gott schützt euch!"

Sie hörten noch eine Weile die Kristalltöne, sahen die glitzernden Körper sich entfernen, dann war es still, nur das Plätschern des Meeres war zu hören.

– „Wir sollten uns auf den Weg machen, es ist spät." sagte Flamenco.

Pony und Pferd standen auf, es war ihnen noch kalt mit dem nassen Fell.

– „Kannst du galoppieren, Lisbeth?"

– „Ja, klaro!"

Der Galgo sprang mühelos den Weg zurück, Victor lief in einem ruhigen Galopp, damit Lisbeth folgen konnte. Nicht weit vom Stall gingen sie im Schritt über das Gras und erreichten ihre Paddocks, beide stürzten sich auf ihre Tränke.

– „Wir sind jetzt so erschöpft, ich glaube, wir werden gut schlafen!"

Lisbeth hatte sich in die Box von Victor geschlichen.

– „Ich will bei dir schlafen, mir ist so kalt…"

Victor war nicht erpicht darauf, seine Box mit dem Pony zu teilen, aber Lisbeth zitterte so stark, er konnte nicht nein sagen. Am Ende schliefen die drei Tiere im Stroh eng zusammengedrückt und langsam kam die Wärme zurück. Das Morgenrot zeigte seine ersten Zeichen am Himmel, im Stall war es ruhig, Lisbeth war zurück in ihrer Box und fraß ihr Heu. Sie wäre gern auf die Wiese gegangen, aber Flamenco hatte sie daran gehindert.

– „Lisbeth! Du bleibst hier! Wegen dir ist der Paddock barrikadiert worden, wenn wir wieder zu unseren Freunden wollen, soll es nicht noch schwieriger werden. Husch! In deine Box!"

In der Früh fand Clarisse die Pferde am Dösen und den Hund gemütlich im Stroh. Keinen Ton hatte sie gehört, als sie die Schubkarre voll mit Heu schob. „Was ist los?" dachte sie, das Tor des Paddocks stand offen, die Boxentüre genauso.

– „Meine Güte! Was habt ihr gemacht?"

Die Pferde hoben kurz ihre Köpfe, schliefen aber weiter. Flamenco streckte sich und begrüßte sie. Sie bemerkte, dass die Boxen noch sehr sauber waren, fast kein Mist lag darin, Sand war auf ihren Rücken zu sehen und an ihren Mähnen und Schweifen klebte Salz, sie holte Erwan.

– „Ich sage dir, sie waren diese Nacht unterwegs, ich kann mir nichts anderes vorstellen, der Sand und das Salz sprechen für den Strand, nun, was haben sie gemacht, dass sie so müde sind???"

– „Ich glaube, du kannst deinen großen Ausritt mit Victor heute vergessen... und ich meine Runde mit Lisbeth und Flami."

Allerdings, dachte Lisbeth, ihr kriegt mich nicht aus dem Paddock.

– „Übrigens, Kevin hat mich gerade angerufen, es liegen zwei tote Delfine auf dem Strand..."

Die Pferde spitzten die Ohren, der Hund dreht sich zu Victor um.

– „Infinity hatte das gesagt, schrecklich...".

Wochenlang blieben die Tiere unter dem Zauber der Meerestiere, es war den Pferden bewusst, dass sie ohne die Delfine ertrunken wären, umso mehr genossen sie ihr Leben.

Es dauerte, bis die Touristen endlich weg waren und der Strand wieder für die Einheimischen verfügbar war. Seit ihrem nächtlichen Ausflug waren sie nicht mehr am Strand gewesen. Der Sommer verabschiedete sich und eines Tages ritt Clarisse in Richtung Strand, sie hatte Flamenco dabei, sie bemerkte wie eilig es die Tiere hatten. Auf dem Weg nahe am Meer hörten sie den Gesang ihrer Freunde und riefen nach ihnen.

– „Meine Lieben, ihr seid wieder da!"

Clarisse hatte Mühe, Victor zu halten, das große Pferd piaffierte ungeduldig, der Galgo war trotz ihrer Rufe abgehauen und wartete vor dem Meer auf sie. Sie ließ Victor los, der nach einem rasanten Galopp abrupt bremste, was für die Reiterin eine Herausforderung war, um im Sattel zu bleiben.

– „Victor! Was ist los? So kenne ich dich nicht, ich wäre fast heruntergefallen!"

Das Pferd hörte sie aber nicht, mit dem Hund lauschten sie den kristallinen Stimmen der Delfine, die langsam zum Strand schwammen. Sie waren nicht sehr weit vom Ufer weg, Clarisse konnte sie auch sehen und ihr Glück nicht fassen.

– „Victor, Flamenco, meine Lieben! Wir haben euch vermisst, wo ist Lisbeth?"

– „Wir auch, Infinity, es war aber nicht so einfach zu euch zu kommen, Lisbeth ist im Stall geblieben."

– „Ist es euer Mensch?"

– „Ja, es ist eine Nette."

– „Oh, ja! Wir spüren die Liebe in ihrem Herz."

Clarisse hätte nie im Traum gedacht, die Delfine so nah zu sehen, ihr Pferd und ihr Hund waren wie angewurzelt, sie fühlte, dass etwas im Gang zwischen den Tieren war, ein magischer Moment.

– „Wir hatten Angst um euch, unsere Menschen haben mehrmals von toten Delfinen am Strand gesprochen.", sagte Flamenco.

– „Viele Brüder und Schwestern sind gestorben, wir versuchen uns von den Fischerbooten fernzuhalten, was nicht einfach ist…"

Nach einer Weile verabschiedeten sich die Delfine von ihren Freunden und schwammen in Richtung Hochsee.

– „Alles Liebe, kommt bald wieder!“

Clarisse sah, wie die Delfine sich ohne Eile entfernten, Victor und Flamenco zeigten an, dass sie den Rückweg antreten wollten. Ruhig und langsam verließen sie den Stand unter dem Eindruck von Triller- und Kristalltönen, die Clarisse nicht wahrnehmen konnte. Sie sagte laut zu ihnen:

– „Ich glaube, jetzt weiß ich, wo ihr vor ein paar Monaten in der Nacht gewesen seid…“.

DER BESUCH DER MONDPFERDE

Es war ein schöner Wintervormittag an einem dritten Advent, viel Schnee war gefallen und die Landschaft sah aus wie in Puderzucker gewälzt. Auf einer Koppel neben einem Hof standen vier Pferde: die Stute Euridik mit ihrem Fohlen Erik und die beiden Wallache Orfeo und Antonio. Alle genossen die Wintersonne und freuten sich über die Ruhe und die klare Luft, außer Erik. Erik rannte im Schnee hin und her und wollte mit den Wallachen spielen, manchmal machte Antonio oder Orfeo eine Runde mit ihm, aber dann war Schluss, denn die beiden wollten ihre Kraft für ihre Aufgabe am Nachmittag sparen.

Am Ende waren alle vier am Dösen, weil Erik inzwischen müde geworden war. Plötzlich schrie das Fohlen und war blitzartig wach.

– „Mama! Schau, schau da drüben! Siehst du das? Siehst du das?"

Die Koppel war groß, an ihrem Ende fiel ein starker Lichtstrahl vom blauen Himmel. Mit spitzen Ohren beobachteten die vier Pferde das seltsame Schauspiel, als plötzlich Pferdegestalten erschienen. Der Strahl hatte sich aufgelöst und die Kreaturen gingen auf die Pferde zu.

– „Was ist denn das?" wunderte sich Orfeo.

Kurz danach standen die Kreaturen vor der kleinen Pferdegruppe, es waren richtige Pferde und sogar ein Fohlen begleitete sie. Im Sonnenlicht schimmerte die Farbe ihres Fells, eine seltsame Farbe, die die Pferde nicht kannten, es war die Farbe des Mondsteins. Ihre saphirblauen Augen sahen sanft und freundlich aus, sie strahlten Frieden aus. Besonders faszinierend waren ihre glitzernden, weißen Haare an Mähne und

Schweif, aber noch mehr ihre Hufe aus Kristall.

– „Olishuamana!“ rief einer, welcher der Anführer zu sein schien.

– „Ähm! Ja, Hallo!“ antworteten die drei Pferde, Erik hatte sich hinter seiner Mutter versteckt…

– „Wer seid ihr?“ fragte Orfeo.

– „Wir sind die Mondpferde und wir besuchen euch für einen Tag.“

– „Die Mondpferde???“

– „Ja, wir leben auf dem Mond und ab und zu reisen wir zur Erde. Wir wollen einfach mit den irdischen Pferden Kontakt und Freundschaft pflegen. Ihr braucht keine Angst vor uns zu haben.“

– „Schön, euch kennenzulernen!“ sagte Antonio.

– „Ja, genau! Willkommen auf der Erde!“ schrien Euridik und Orfeo.

– „Moment mal,“ wandte Antonio ein, „was tun wir mit den Menschen, wenn sie euch entdecken? Die Menschen sind nicht alle gleich, es gibt nette, aber auch sehr böse!“

– „Keine Sorge Freunde, Menschen können uns nicht sehen, nur Equiden, wie Pferde, Esel, Maultiere oder Zebras können uns sehen. Wir sind feinstofflich und Menschen sind grobstofflich, ihr Zugang zu unserer Dimension ist immer noch unmöglich.“

– „Puh! Manchmal möchten wir auch feinstofflich sein, damit sie uns nicht sehen können.“ sagte Orfeo.

– „Ihr seid aber feinstofflich, nur lebt ihr zu lange mit

Menschen zusammen und eure feinstoffliche Hülle hat sich verdichtet."

Es war ein Schock für die drei, so etwas zu erfahren und sie blieben eine Weile ganz still. Dann sprach Orfeo wieder.

– „Wie heißt ihr? Ich bin Orfeo, hier ist Antonio und das ist Euridik mit Erik."

– „Ich heiße Antares, da sind Sedna mit ihrem Fohlen Ixion, Ceres und Quaoar."

Im Haus saß die Familie, die Besitzer der Pferde, am Mittagstisch, Lisa guckte immer wieder zum Fenster. Irgendetwas war mit den Pferden passiert, sie standen im Kreis und schienen sich zu unterhalten, obwohl weit und breit nichts auf der Koppel zu sehen war. Und jetzt rannte Erik wic ein kleiner Verrückter, stieg und spielte allein, wie er es noch nie zuvor getan hatte. Seltsam.

– „Papa, du fährst doch heute zusammen mit Fanny den Schlitten, der von Antonio gezogen wird, während ich Orfeo reite?"

– „Ja, Lisa, warum?"

– „Ich weiß nicht, die Pferde benehmen sich… ja, ich weiß auch nicht, es ist etwas auf der Koppel."

– „Lisa, du siehst doch, da ist nichts und niemand bei ihnen, sie freuen sich einfach über das schöne Wetter und genießen die Sonne."

– „Na ja, vielleicht hast du Recht Papi."

Während Lisa sich in ihre Gedanken vertiefte, unterhielten sich die Pferde tatsächlich auf der Koppel mit den Mondpferden. Erik war außer sich vor Freude, Ixion und er schlossen sofort Freundschaft und spielten wild miteinander. Ixion, der noch nie Schnee gesehen hatte, war hingerissen davon, er wälzte sich, vergrub seinen Kopf darin und wollte sogar den Schnee fressen.

– „Ixion! Nein! Du darfst keinen Schnee fressen oder irgendetwas sonst auf der Erde, das weißt du doch, sonst wärst du zuhause geblieben“, rügte Sedna ihren Sohn.

– „Ja, Mami…“

– „Warum darf Ixion nichts fressen?“ fragte Euridik.

– „Ganz einfach, wir fressen nie, wir haben keine Verdauungsorgane wie ihr, deshalb könnte Ixion sterben.“

– „Oh je! Aber wovon lebt ihr?“ staunten die drei Pferde.

– „Wir ernähren uns von dem Sonnenlicht“ sagte Antares, „Auf dem Mond leuchtet auch die Sonne zu bestimmten Zeiten und wir bleiben in ihrem Licht, solange sie strahlt. Dann sind wir satt und voller Energie. Hier auf der Erde ist es einfacher für uns, denn die Sonne scheint viel länger und intensiver. Wir nehmen immer zu, wenn wir auf die Erde reisen, das heißt, unsere Hülle wird voll mit Energie.“

– „Und ihr könntet nicht einmal unser Heu und Gras probieren?“

– „Nein, wir können es nicht schlucken!“

Die drei sahen sich gegenseitig an, sie fraßen so gern und es war für sie unvorstellbar, das nicht tun zu können.

– „Und,“ fragte Euridik, „wie geht es mit den Fohlen nach der Geburt? Hast du keine Milch, Sedna?“

– „Nein. Die Geburt passiert fast wie bei euch, aber die Geburten finden immer statt, wenn das Licht am intensivsten ist und immer an demselben Ort. Die ganze Herde ist dabei und wenn das Fohlen aufgestanden ist, steht sie im Kreis um es. Und jeder bestrahlt es mit seinen Augen, es ist sein erster Schutz, dann wird die Mutter mit dem Kind zum Sonnenlichtstrahl begleitet und das Fohlen wird ernährt wie alle anderen auch."

– „Aber unsere Fohlen trinken ständig und euren reicht ein einziger Sonnenstrahl?"

– „Ja, teilweise. Wenn es Hunger hat, kommt es zur Mutter und sie bestrahlt es mit ihren Augen. Es ist unsere Art von Milch, aber wichtig ist das tägliche Sonnenlichtbad."

– „Das ist aber interessant!"

Und die Zeit verging im Nu, denn Orfeo, Antonio und Euridik wollten alles über ihre neuen Freunde wissen, irgendwann bemerkte Antonio, dass die Familie im Stall war und draußen stand schon der Schlitten.

– „Freunde, es ist so weit, wir werden euch verlassen müssen, unsere Menschen brauchen uns."

– „Was passiert denn?" fragte Quaoar.

– „Es passiert, was jedes Jahr zu dieser Zeit passiert, Orfeo wird von Lisa geritten, während ich den Schlitten ziehe. Lisa und Fanny finden es entzückend, uns lächerliche, rot-weiße Hütchen mit Elchgeweihen aus Stoff auf den Kopf zu setzen… und noch dazu rote Gamaschen mit Glöckchen an den Beinen zu befestigen, die bei jedem Schritt klingeln. Ein furchtbares Gebimmel für unsere empfindlichen Ohren. Und wir sehen so dämlich aus, wir schämen uns richtig!"

– „Warum tun sie so etwas?" fragte Antares.

– „Weil bald Weihnachten ist, alle drehen in dieser Zeit durch!"

– „Was ist Weihnachten???“

– „Puh! Gute Frage, wir wissen es nicht ganz genau… es scheint aber sehr wichtig für sie zu sein, das Haus ist dekoriert, es steht ein Tannenbaum im Wohnzimmer, ja Antares, ein Baum und daran baumeln unzählige bunte Kugeln, sie verteilen überall Engelsfiguren im Haus, den Engeln gefällt das, haben sie uns gesagt, auch unser Stall wird geschmückt, mit Girlanden und Figuren, an der Haustür hängt ein Kranz und die Balkone werden mit Lichterketten erleuchtet. Die Mutter backt kleine Kekse wie eine Wahnsinnige, sogar spezielle Kekse für uns Pferde! Und das Ganze dauert vier Wochen, du kannst dir nicht vorstellen, was wir mit ihnen machen sollen. Es gibt auch die Weihnachtquadrille… Wir werden in die nächste Ortschaft transportiert und üben in einer Halle mit anderen Pferden und lauter Musik, uns zu kreuzen, im Zirkel, auf der Diagonale und, und, und… das Schlimmste ist, wir tragen alle die schrecklichen Elchgeweihe für die echte Feier und du glaubst es nicht, die Menschen sind total begeistert, wir aber nicht. Dann kommt noch der Weihnachtsritt, die Reiter treffen sich mit ihren Pferden und machen einen gemeinsamen Ausritt, aber es ist schön, wir fetzen im Galopp, es macht Spaß. Und endlich, endlich ist es vorbei mit den Elchgeweihen!“

– „Aber warum ist ihnen das so wichtig?“

– „Frag mich nicht, Ceres, wir haben keine Ahnung! Heute Nachmittag werden wir zur „Kirche“ laufen, es ist ein Gebäude, sie versammeln sich darin. Was ich einmal sehen konnte, als im Sommer die Tür weit geöffnet war: Es gibt einen komisch gekleideten Mann, er redet und redet… die anderen antworten, sie singen auch, es gibt Musik und während sie in der Kirche sitzen, stehen wir davor mit den Elchgeweihen und den Glöckchen an den Beinen. Plötzlich kracht es, es ist die Kirchglocke und sie kommen alle raus, sie unterhalten sich noch fröhlich und wir fahren zurück. Nun, manchmal laden unsere Menschen ihre Freunde ein und Zack! ist der Schlitten voller und schwerer. Achtung! Sie kommen, um uns zu holen…"

– „Wir kommen mit euch!" beschlossen die Mondpferde.

– „Ich nicht Antares, ich bleibe hier mit Euridik, Erik und Ixion spielen so gern zusammen", sagte Sedna.

Lisa und Fanny holten Orfeo und Antonio, nachdenklich blieb Lisa kurz stehen und schaute die Koppel an, Erik rannte immer noch, stieg in der Luft und wieherte voller Freude. Merkwürdig.

Die Mädchen verließen die Koppel mit ihren Pferden, gefolgt von den Mondpferden mit ein paar Metern Abstand. Immer wieder drehte sich Lisa um, aber die Mondpferde hatten Erfahrung mit neugierigen Menschen und blieben still stehen.

– „Sedna, bist du sicher, dass Menschen euch nicht sehen

können?"

– „Absolut sicher. Manchmal fühlen sie aber unsere Anwesenheit, wie dieses Mädchen."

– „Ja, Lisa ist ein nettes Kind, sie ist auch sehr lieb mit den Tieren und redet sogar mit den Engeln… Von den Engeln haben sie uns erzählt. Kommen die Engel auch auf den Mond?"

– „Ja manchmal, sie sind auch feinstofflich, sie sind aber sehr mit der Erde und den Menschen beschäftigt, ich glaube, sie haben keine leichte Arbeit."

Die Mädchen putzten die Pferde ausgiebig, Orfeo wurde gesattelt, während Antonio vor den Schlitten gespannt wurde, beide bekamen ihre Trense mit dem Elchgeweih geschmückt und auf ihre Beine die roten Gamaschen mit Glöckchen…

– „Seht ihr, wie wir jetzt lächerlich aussehen!“ seufzte Orfeo.

Die Mondpferde lachten sich zu Tode beim Anblick ihrer Freunde mit dem Elchgeweih.

– „Es ist nicht fair, über uns zu lachen!“

– „Bitte nicht böse sein, es ist für uns so unglaublich lustig, das Leben auf dem Mond ist nicht so abwechslungsreich wie hier.“

Nach einer Weile startete der Schlitten mit Antonio, während Lisa mit Orfeo neben dem Schlitten ritt, die Mondpferde folgten neben Orfeo. Am Anfang gingen sie im Schritt, dann trabten sie im Pulverschnee, die Mondpferde waren ganz glücklich in diesem neuen Element zu laufen und genossen die schöne Landschaft um sie herum.

– „Orfeo! Es ist traumhaft schön!“

Plötzlich parierte Lisa zum Schritt und schrie ihrem Vater und ihrer Schwester zu:

– „Papa! Es gibt Spuren von fremden Hufen neben Orfeo, ich schwöre es dir!“

Die Mondpferde blieben stehen.

– „Lisa, hör bitte auf und trab weiter, Orfeo soll sich angewöhnen im selben Takt wie Antonio zu traben, du weißt schon, ich möchte mit den beiden zusammen fahren.“

– „Aber Papi, schau selbst!“

– „Weiter, bitte!“

– „Ihr bleibt hinten dem Schlitten, Lisa ist zu neugierig…“

Der Schlitten und Orfeo daneben liefen weiter, misstrauisch behielt Lisa die Augen gezielt auf den Boden gerichtet, aber es war keine Spur mehr zu sehen.

Bald erreichten sie das Dorf, Schlitten und Pferde wurden vor der Kirche angebunden. Vater und Töchter verschwanden in dem Gebäude, die Straße war leer und die Mondpferde schlossen zu ihren Freunden auf.

– „Es ist genau, wie du es uns erzählt hast“ sagte Antares.

– „Tja! Was denkst du denn, wir haben ziemlich Routine mit dem Theaterstück… Wenn die Glocke zu bimmeln anfängt, lauft ihr schnell an den Rand der Straße und folgt uns hinter der Kutsche bis zum Stall.“

Wie gesagt, so getan und die neugierige Lisa konnte wieder keine Spuren entdecken.

Im Stall wurden Orfeo und Antonio versorgt, die Mutter hatte Euridik und Erik von der Koppel geholt, sie standen in ihren großzügigen Boxen mit Sedna und Ixion neben ihnen. Weil Ixion müde war, wollte er sich im Heu hinlegen, draußen war es langsam dunkel geworden.

– „Warte noch ein bisschen Ixion, dass keine Menschen mehr im Stall sind.“

Die Mädchen holten Futter, Heu und Decken für die Nacht, glücklicherweise war die Stallgasse sehr breit, so breit, dass die Mondpferde leicht hintereinander stehen konnten. Endlich war es ruhig, am klaren Himmel voll mit Sternen erschien ein Viertelmond, in dieser friedlichen Atmosphäre schliefen Erik und Ixion fest, müde von ihren wilden Spielen am Nachmittag.

– „Ich liebe diese Stille und Ruhe am Abend“, sagte Orfeo, „Lisa macht noch eine Runde bevor sie ins Bett geht, dann bleiben wir ungestört bis morgen Früh.“

– „Warum kommt sie noch einmal?“ fragte Quaoar.

– „Weißt du, unsere Menschen sind sehr lieb mit uns und sehr sorgfältig. Im Gegenteil zu euch haben wir ein empfindliches Verdauungssystem und manche Pferde werden in dieser Zeit oft sehr krank[1], deshalb schauen Lisa oder Fanny jeden Abend nach uns.“

– „Durch unsere Reisen haben wir festgestellt, dass nicht alle Menschen mit Pferden nett sind. Obwohl unser Leben auf dem Mond nicht immer einfach ist, möchten wir nicht wie irdische Pferde leben.“ sagte Antares.

– „Ja, wir verstehen euch“, sagte Euridik, „Wir sind natürlich nicht frei, wir müssen den Menschen dienen… Unsere Menschen gehen, Gott sei Dank, respektvoll mit uns um, aber Antonio hatte vorher ein ganz schreckliches Leben.“

– „Freie Pferde haben wir in Amerika besucht, sie heißen Mustangs, sie könnten wirklich glücklich sein, aber die Menschen lassen sie nicht in Ruhe. Taowak, einer von ihnen, hat uns erzählt, wie sie mit lauten Maschinen am Himmel[2] über sie fliegen, ganze Herden werden von diesen Maschinen in den Tod gejagt, die Neugeborenen inbegriffen. Sie jagen sie in hoch eingezäunte Areale, wo sie gefangen bleiben, bis große Fahrzeuge sie holen. Manchmal bleiben sie sehr lang da, sie leben dann im Dreck, in ihrem Kot und Schlamm und werden krank.“

– „Wo werden sie hingebracht?“ fragten die Pferde.

– „Taowak sagte, viele von ihnen werden zum Schlachthof gebracht, andere haben Glück, werden gekauft, leben wieder

---

1) Kolikgefahr.

2) Hubschrauber.

frei bei privaten Landbesitzern, die sie retten oder sie werden einzeln gekauft und wie ihr werden sie geritten. Ob sie glücklich sind, wusste Taowak nicht, aber sie waren am Leben."

– „Es ist aber furchtbar, sie leben permanent in Angst, oder?"

– „Teilweise schon. Es gibt auch Menschen, die für sie kämpfen, damit sie ihre Ruhe haben und frei bleiben."

– „Sie sind doch frei, sie leben nicht mit Menschen wie wir, können sie sich nicht unsichtbar machen? Du hast gesagt, wir sind grobstofflich wegen unserer Nähe zu Menschen, aber bei den Mustangs sollte es funktionieren?"

– „Antonio, die Geschichte der Erde ist viel komplizierter als man denkt. Angeblich sind die Mustangs die Nachkommen von Pferden, die mit Menschen nach Amerika gekommen sind. Nun, Taowak sagte, es gab schon Pferde vor den Mustangs, vielleicht waren sie feinstofflich und niemand hat sie gesehen, ich weiß es nicht. Aber meiner Meinung nach mag die Menschheit insgesamt die Freiheit nicht, für die Tiere und für sich selbst. Sie bauen überall Zäune, Absperrungen, sie behindern die Natur, wo sie können, die Erde ist kein freier Planet. Problemlos ist es auf dem Mond auch nicht, aber niemand kann uns einsperren."

Die Pferde blieben einen Moment still, sie kannten nichts anderes als Zäune, Türe, Tore, Transporter, Hallen, Stricke, Halfter – ja, sie waren permanent unter der Kontrolle ihrer Menschen, diese Tatsache stimmte sie nachdenklich.

– „Und wie seid ihr auf den Mond gekommen?"

– „Ganz genau wissen wir das nicht. Der Großvater von Ceres wusste noch ein bisschen von seinem Großvater, wir wären mit einem außerirdischen Volk gelandet und wie die

Mustangs einfach dageblieben."

– „Auf dem Mond habt ihr wenigstens eure Ruhe"

– „So einfach ist es nicht Euridik, auf dem Mond landen immer wieder Raumschiffe und wir wissen nie, ob es friedliche oder böse Kreaturen sind. Außerdem ist ein Teil des Mondes bewohnt und diese Bewohner sind böse, sie haben schon zwei von uns getötet, die ihre Neugier nicht im Griff hatten und es unbedingt wissen wollten."

– „Wie viele Mondpferde gibt es?"

– „Wir sind 100 Pferde, es wird nur ein Fohlen geboren, wenn ein altes Pferde stirbt, so vermeiden wir eine Überpopulation. Ixion durfte zur Welt kommen, weil der alte Zedeon von uns gegangen ist."

– „Sterbt ihr wie wir?" fragte Orfeo.

– „Es ist schwierig zu erklären, als feinstoffliche Wesen können wir nicht wirklich sterben, wir verlassen die Dimension und wandern in ein andere. Unsere Hülle löst sich auf."

– „Erzähl uns von den Raumschiffen und ihrer Besatzung!" baten die drei Pferde.

– „Wie gesagt, sie sind nicht alle nett und friedlich, unsere besten Freunde sind zierlich, blauhäutig und tragen einen Haarschopf, was schön aussieht. Sie können uns sehen und unterhalten sich ganz lieb mit uns. Wir haben sie leider seit Langem nicht mehr gesehen, sie reisen im All, in den Galaxien und kommen selten so nah an die Erde. Sie besitzen auch eine fortschrittliche Technologie und sie haben uns geholfen, unsere Schutzhöhle und ihre Umgebung noch sicherer einzurichten."

– „Und die Bösen?"

– „Die Bösen kommen auch nicht mehr oft, einmal haben sie einen von uns geschnappt. Sie sind sehr groß, viel größer als Menschen, grau mit Schuppen und schrecklichen gelben Augen."

– „Können sie euch sehen?"

– „Das erste Mal, als sie gelandet sind, nein. Sie sind furchterregend, wir waren sehr vorsichtig, wir wissen nie, ob sie unsere feinstoffliche Hülle durchdringen oder nicht. Das zweite Mal haben sie uns entdeckt und sind auf uns losgegangen, wie unsere blauhäutigen Freunde besitzen sie eine hochentwickelte Technologie und auf unserer Flucht haben sie auf uns geschossen. Der alte Orion wurde getroffen, er war nicht tot und sie haben sich auf ihn gestürzt, sie waren wie im Rausch, haben seine Energie ausgesaugt, bis nichts mehr von ihm sichtbar war. Dann haben sie uns gesucht, aber unsere Schutzhöhle haben sie nicht gefunden und, Gott sei Dank, sie sind am nächsten Tag abgeflogen. Ihre Raumschiffe sind riesig groß, sie sind seitdem nicht mehr gelandet. Eigentlich landen immer weniger Raumschiffe bei uns, nun nach diesem grausamen Erlebnis mit Orion versuchen wir nicht mehr Kontakt mit ihnen aufzunehmen."

– „Kommen diese Monster auch zu uns?"

– „Unsere blauen Freunde sagen ja, aber diese Monster verstecken sich. Toawak und seine Herde haben sie schon in ihrer Wüste gesehen."

– „Puh! Ich glaube, wir sind lieber auf der Erde, obwohl ein kurzer Besuch bei euch schön wäre."

– „Aber es geht nicht, Orfeo, ihr könntet nicht als grobstoffliche Wesen mit dem Strahl reisen, auf dem Mond könntet ihr nicht einmal atmen, es gibt keinen Sauerstoff."

– „Aber ihr konntet bei uns atmen, wie geht das?“

– „Es ist begrenzt, wir können nur 24 Stunden mit der hohen Konzentration an Sauerstoff in der Erdatmosphäre umgehen, danach würden wir ersticken. Deshalb ist es sehr wichtig, dass wir morgen pünktlich in den Strahl einsteigen. Auf dem Mond brauchen wir keinen Sauerstoff, auf der Erde schon.“

– „Wo seid ihr noch gewesen?“

– „Wir waren in vielen Ländern, Freunde, nicht nur die Mustangs haben es schwer mit den Menschen. Die Erde scheint kein friedlicher Ort für die Tiere zu sein und die Pferde, die reine Liebe sind, müssen viele hässliche Sachen ertragen. Wir haben gesehen, Menschen essen Tiere! Tun eure Menschen das auch?“

– „Für dieses Fest werden unzählige Tiere getötet… Die Menschen denken, wir verstehen nicht, was sie sagen, Irrtum! Also, die Mädchen essen keine Tiere, die Eltern schon, deshalb sind die Mädchen sauer, vor ein paar Wochen hat es richtig im Stall gekracht, als die Mutter gesagt hat, sie hat eine Gans bestellt.“

– „Was ist das?“

– „Eine Gans?“

– „Ja.“

– „Gänse sind große Vögel, es gibt wilde und gezüchtete Gänse, die wilden fliegen manchmal auf unsere große Sommerweide. Wir haben uns mit ihnen unterhalten, sie sind wunderschön und sehr nett, aber sehr nervös, immer auf der Hut wegen der Jäger. Das Schlimmste ist, sie leben monogam, sie bleiben ihr ganzes Leben mit demselben Partner zusammen und wenn einer von beiden stirbt, stirbt sein Partner oder die Partnerin vor Kummer. Die anderen Gänse werden extra gezüchtet, damit die Menschen sie töten und essen können und eben meistens für Weihnachten."

– „Wie furchtbar!"

– „Ja, Lisa findet das auch, sie hat mit ihrer Mutter gestritten."

– „Schämen sie sich nicht?"

– „Ich glaube nicht, sie denken einfach nicht nach, es ist für sie normal. Sie berufen sich darauf, es sei schon immer so gewesen, es ist eine Tradition. Die Mädchen entgegen vertreten eine andere Meinung und sagen, viele Grausamkeiten sind Traditionen, es muss aufhören. Wenn ich es richtig verstanden habe, essen sie für jedes Fest ein besonderes Tier, nicht nur die Weihnachtsgänse. Es gibt noch etwas später, aber ich erinnere mich nicht. Wie war das, Euridik?"

– „Ostern, mit dem Lammbraten…"

– „Es sind aber Tierkinder!"

– „Ja stimmt, aber die Mädchen haben sich durchgesetzt, es wird kein Lamm gegessen. Aber weißt du, Menschen essen auch Pferde."

– „Ja, das wissen wir…"

– „Du hast gesagt, ihr wart in vielen Ländern, wo noch?"

– „Wir waren in Argentinien, in der Mongolei, in Island, in…"

– „Da war es schrecklich auf dieser Insel", sagte Ceres, „Wir haben den Tag nicht ausgehalten und sind schnell zum Mond zurückgereist."

– „Warum denn?“

– „Weil die Menschen den Tieren und Pferden so viel Leid zugefügt haben, es war unerträglich!“

– „Island? Warte, warte… Antonio haben wir nicht im Stall, wo wir für die Quadrille üben, ein Islandpferd gesehen?“

– „Doch! Ein netter Kerl, total plüschig und klein!“

– „Ja, genau diese Pferde haben wir auf dieser Insel besucht. Viele leben frei in großen oder kleinen Herden, sie werden einfach eingefangen, um geritten zu werden. Unser Freund, Kjarkür, hat uns zu einem Hof in der Nähe gebracht, er wollte und konnte nicht rein, aber wir schon. Sowieso haben wir uns sofort unwohl auf dieser Insel gefühlt, wir spürten viel Leid, auch aus dem Meer und wir wussten nicht, warum.“

Antares machte eine Pause, die Erinnerungen schienen ihm weh zu tun.

– „Wir haben dann Kjarkür gesagt, das Meer strahlt großen Schmerz und Leid aus und er hat uns erzählt, sie jagen gerade die Wale.“

– „Die Wale? Die Mädchen haben sich beim Ausritt darüber unterhalten, es ging eben um die Jagd auf die Wale, sie waren sehr verärgert.“

– „Es sind sanfte Riesen, kosmische Wesen, sie schützen die Erde, sie schwingen sehr hoch, deshalb spüren wir ihr Leid, aber wir können ihnen nicht helfen. Wir waren schon sehr traurig, als wir auf diese Wiese marschiert sind, da standen nur Stuten, keine Fohlen, sie waren aber alle trächtig, wir haben es gefühlt. Sie waren glücklich uns zu sehen, sehr freundlich, nun, ihre Energie war so schwach… wir wussten sofort, dass hier etwas nicht in Ordnung war, überhaupt hatte jede von ihnen ein Loch im Hals mit getrocknetem Blut und sie haben uns erzählt, die Menschen stehlen ihr Blut…"

– „Das kann nicht wahr sein!"

– „Wir haben es gesehen! Während wir da waren, sind Männer gekommen, haben ein paar Stuten geholt, die Armen haben sich gewehrt, sie wussten, was jetzt mit ihnen passieren würde. Sie haben sie in Käfige gebracht, mit Holzknüppel geschlagen, mit aller Kraft gezerrt, ihre Köpfe fixiert, aber die Stuten stiegen trotzdem, sie sind so geprügelt worden bevor die Männer ein langes Metallstück[3] in ihre Venen gestochen und das Blut aufgefangen haben…"

Alle Pferde waren still, Sedna und Euridik weinten, sie konnten sich so eine Grausamkeit nicht vorstellen, jeder spürte einen Stich im Herz.

– „Wir haben sie gefragt, was machen sie mit diesem Blut[4]? Sie wussten es nicht, es wurde in Kanister gefüllt und abgeholt. Nur, der Horror war nicht zu Ende für sie, alle Stuten waren tragend, durften ihre Fohlen aber nicht gebären, die Kleinen wurden abgetrieben und die Stuten wieder gedeckt und wurden immer wieder trächtig. Das erklärte, warum keine Fohlen zu sehen waren. Unsere Energie schwand von Minute zu Minute, diese Gräueltaten gegenüber diesen hilflosen Kreaturen, die negativen Schwingungen, die diese Insel umhüllten, waren für uns gefährlich. Mit schwerem Herzen verließen wir die Herde, galoppierten so schnell wie möglich

3) Kanüle.

4) Das Blut von diesen tragenden Stuten enthält ein Hormon, um ein Medikament zu produzieren, das in der Massentierhaltung für Schweine benutzt wird, damit die Säue gleichzeitig fruchtbar werden, inseminiert werden können und abferkeln.

zu einem ruhigen Teil des Landes, wir mussten dieser grauenvollen Energie entkommen, wir mussten sofort zurück nach Hause."

– „Aber der Strahl kommt nur nach einem Tag wieder?"

– „Ja, richtig, er kommt jedoch auch, wenn wir in Not sind und das war der Fall. Zum Glück war bei dieser Reise keine Stute dabei. Deshalb genießen wir es, bei Pferden wie euch zu sein, die gut behandelt werden."

– „Allerdings… gegenüber so etwas sind die Elchgeweihe wirklich keine Katastrophe, was für ein furchtbares Land!"

Langsam waren Pferde und Mondpferde müde, Lisa hatte vor Langem ihre Runde gemacht. Auf einmal war der Stall ganz ruhig, die Mondpferde hatten es sich im Heu bequem gemacht und schliefen neben ihren Freunden.

In der Früh betraten Lisa und ihr Vater den Stall und versorgten die Pferde, Lisa bemerkte, wie platt das Heu getreten war und schaute um sich, aber nichts war zu sehen…

Es war wieder ein wunderschönes Wetter, wolkenlos mit klarer, kalter Luft, die Sonne stand noch nicht so hoch und die Pferde unterhielten sich fröhlich weiter im Stall, aber Antares schaute immer wieder zu der geschlossenen Tür und wurde nervös.

– „Was ist los, Antares?" fragte Antonio.

– „Wann wird diese Tür endlich geöffnet, wir müssen raus, sonst verpassen wir den Strahl. Durch diese Tür oder die Fenster können wir nicht gehen, es gibt zu viel Metall, es behindert uns."

– „Mach dir keine Sorgen, die Mutti kommt bald und bringt uns auf die Koppel."

– „Sicher?“

– „Totsicher, unser Tag ist wie ein Uhrwerk geregelt!“

Wie Antonio gesagt hatte, standen die Pferde und ihre Besucher eine Stunde später auf der Koppel. Die Mutter hatte das Gefühl, mehr Hufgeräusche als gewöhnlich in der Stallgasse zu hören, vor allem klirrte es wie ihre Kristallgläser, aber nichts war zu sehen… Die Mondpferde hatten am Eingang der Koppel gewartet, bis die Frau verschwand, was nicht einfach mit Ixion war, der es ganz eilig hatte, mit Erik zu spielen. Durch das Fenster beobachtete sie, wie wild Erik „allein“ spielte: „Man könnte denken, er spielt mit jemandem… Erstaunlich“. Auf der Koppel hatte sie schon gestern viel mehr Spuren von Hufen bemerkt als sonst, sie waren auch kleiner. Sie dachte an Lisa und ihre Geschichte während des Ritts zur Kirche. Na ja, vielleicht gab etwas, die Pferde blieben ruhig, es konnte nichts Böses sein. So waren die Gedanken der Mutter…

Die Zeit ging ganz schnell vorbei und die Mondpferde nahmen Abschied von Antonio, Orfeo und Euridik. Sie waren alle traurig, ganz besonders die Fohlen und Antares versprach seinen Freunden, wieder zu kommen. Erik wollte Ixion nicht gehen lassen und folgte den Mondpferden bis zum Ende der großen Koppel. Dann fiel der Strahl, nach und nach stiegen die Pferde ein, außer Ixion, er wollte Erik nicht verlassen.

– „Ixion! Komm jetzt, es reicht!“

schimpfte Sedna ihren Sohn, aber Ixion blieb neben Erik stehen. Antares stieg aus dem Strahl wieder aus, packte das Fohlen am Po und zwang ihn, in den Strahl mit ihm einzusteigen. „Ich will bei Erik bleiben!“ schrie Ixion ein letztes Mal, bevor sich der Strahl ein paar Sekunden später auflöste.

Erik war jetzt ganz allein und weinte, Euridik galoppierte

zu ihrem Sohn und versuchte seinen Kummer zu lindern. Es war schlimm für den Kleinen, Euridik hoffte sehr, dass ihre Menschen bald einen neuen Freund holen würden. Trotz des blauen Himmels war die Stimmung bedrückt und die Pferde schwiegen den ganzen Tag. Sie standen immer noch unter dem Zauber der Mondpferde, diese delikaten und feinen Wesen hatten ihr Leben für immer verändert.

Weihnachten war inzwischen lange vorbei, die Elchgeweihe verschwanden aus der Sattelkammer, die ersten Schneeglöckchen waren im Garten zu sehen. Ein zweites Fohlen war im Stall eingezogen und stand mit Erik in einer sehr großen Box. Nach dem Besuch der Mondpferde war Erik sehr krank geworden, es war dringend nötig gewesen, einen Spielkameraden für ihn zu holen. Die beiden Jungen verstanden sich gut und spielten gern miteinander, aber Erik hatte immer noch Sehnsucht nach Ixion…

Bald wurde es Frühling, die Mädchen machten wieder lange Ausritte mit den Pferden, die Wiesen waren voll mit süßem und saftigem Gras bedeckt, alles, über was sie sich früher so gefreut hatten, hatte an Bedeutung verloren, es war nicht mehr so wichtig. Oft schauten sie ans Ende ihrer Koppel und hofften, den Lichtstrahl wieder zu sehen. Der Alltag verlief weiter ruhig, nichts störte das friedliche Leben auf dem Hof, trotzdem fand Lisa, dass die Pferde nicht mehr wie früher waren… und sie hatte Recht…

DAS GESPRÄCH MIT DER PYRAMIDE

Kairo – Gizeh

Auf der Hochebene von Gizeh waren in der heißen Mittagzeit nur sehr wenige Menschen unterwegs, ein paar Touristen kamen aus ihren klimatisierten Bussen raus, um die Pyramide zu fotografieren, hielten es aber nicht lang in der brennenden, windstillen Luft aus und stiegen schnell wieder ein. Nicht weit von dem mächtigen Monument entfernt warteten unzählige Pferde und Kamele unter zerrissenen Planen, die lediglich begrenzten Schatten spendeten oder die sanftmütigen Tiere blieben der prallen, unbarmherzigen Sonne komplett ausgesetzt. Manche waren gesattelt, anderen standen vor einer kitschig geschmückten Kutsche. Die Kamele, ebenfalls gesattelt, lagen mit den Beinen unter dem Körper begraben auf dem glühenden Sand und schauten mit ihren großen, sanften Augen um sich. Keines der Tiere ließ einen Ton von sich hören und alle versuchten, der brutalen Hitze durch Dösen zu entkommen, während ihre Halter im Schatten saßen, Tee tranken, rauchten, sich unterhielten oder schliefen. Alle hofften auf gute Geschäfte, wenn die Sonne am Nachmittag schwächer wurde und die Touristen länger an der Pyramide blieben. Wenn es so weit war, wurde ein Pferd geritten und die anderen an einem Seil hinter ihm hergezogen, das jeden Ring der Trense durchlief. Die abgemagerten Tiere schleppten sich dann hintereinander her, viele lahmten, andere hatten Wundstellen, alle waren schwach.

Fünf Pferde standen abseits von den anderen Haltern und ihren Pferden in einem durchlöcherten Zelt, zwei Schimmel, zwei Braune und ein Fuchs. Wie alle ihre Artgenossen waren sie mager und müde, sie gehörten Yussuf. Yussuf hatte bemerkt, dass die Touristen mehr von den Tieren angetan waren, wenn die Pferde sauber waren, deshalb putzte er sie jeden Morgen, um einen guten Eindruck zu vermitteln. Es ging schnell und brachte viel… Sie trugen traditionelle Halfter mit bunten Pompons und für Leute, die keine Ahnung von Pferden hatten, sahen sie sehr adrett aus. Er hatte vor der Krise bis zu acht Pferde gehalten, mit fünf ging es jedoch auch und kostete ihn weniger Geld. Im Gegenteil zu den anderen Haltern ritt Yussuf allein mit einem Pferd zu den Touristen, in gebrochenem Englisch versprach er ihnen einen unvergesslichen Ausritt auf seinen Edelarabern. Wenn das Geschäft abgemacht war, ließ er sich das Geld auszahlen und holte die Pferde. Um das Vertrauen der Touristen zu bewahren, band er das Handpferd an einen Pfosten und bat die Touristen, mit ihm zu warten. Um die Inszenierung perfekt zu machen, ließ er sein Pferd mit einem Sprung nach vorne angaloppieren und entfernte sich. Ein Pferdekenner hätte gesehen, dass der große Sprung von Schmerzen provoziert war, durch scharfe, selbstgebastelte Sporen an seinen Turnschuhen, die Yussuf unter seiner Galabeya[1] trug.

Nun, es gab nicht so viele Pferdeleute, die sich auf die armen Klepper stürzten, es war Yussuf recht, weil sich in den letzten paar Jahren nicht nur ignorante Touristen in Gizeh umhertrieben, sondern ebenso komische Organisationen, die ihm und seinen Kollegen Ärger einbrachten. Sogar Ägypter beschimpften sie inzwischen als Tierquäler, so etwas hatte es früher nie gegeben. Die Polizei sollte kontrollieren, ob die Tiere gut behandelt werden, aber mit ein bisschen Geld waren sie alle gut behandelt… Ein Polizist hatte ihm erzählt, dass auf das Ministerium für Tourismus Druck ausgeübt wurde, sodass in der Zukunft das Geschäft mit den Pferden und den Kamelen irgendwann verboten werden würde. Deshalb ach-

---

1) Traditionelles Gewand, das die Männer in Ägypten und anderen arabischen Ländern tragen, der Name kann anders sein, z.B. Djellaba in Nordafrika.

tete Yussuf auf das gute Aussehen seiner Pferde und wenn eines sich verletzte, so nahm er es nicht mehr auf seinen täglichen Rundgang mit, wie er es früher getan hatte. Es waren noch viele Pferde in Gizeh zu sehen, trotzdem gab es auch schon kleine Elektrowagen, welche die Touristen um die Pyramiden transportierten. Schlechte Zeichen für die Zukunft…

Noch vor ein paar Jahren war jedes Pferd an einem Pfosten für die Nacht angebunden, so konnten sie sich nicht hinlegen und wurden nicht schmutzig, vor allem die Schimmel. Sie waren dann aber am nächsten Tag zu müde zum Arbeiten, deswegen hatte Yussuf einen Paddock neben dem Gemüsebeet seiner Frau Fatima eingezäunt, die sehr geschimpft hatte. Nun, ohne die Pferde brachte er kein Geld für sie und die sechs Kinder nach Hause. Achja… die Kinder, auch die Kinder waren anders geworden. Sein fünfzehnjähriger Sohn mistete den Paddock aus und wollte Taschengeld dafür, damit hatte er sich ein Handy gekauft, was seine Geschwister neidisch machte und viel Streit in der Familie verursachte. Jetzt wollten sie alle ein Handy haben, außer der Sechsjährige, weil sie noch zu jung dafür war. Von den fünf Söhnen waren keiner an den Pferden interessiert, der Älteste half ihm schon ab und zu, aber nur, weil sein Vater ihm damit drohte, sein Handy wegzunehmen. Und er wollte studieren! Fatima war dafür, Yussuf dagegen, wie sollte er ein Studium bezahlen? Mit den Pferden verdiente er eigentlich nicht schlecht, er hatte seine Preise erhöht, die die Touristen jedoch ohne zu zögern bezahlten, aber die Krise hatte seine Ersparnisse schmelzen lassen, das Leben war teurer geworden und das Geld reichte vorne und hinten nicht. Er wusste, dass er die Pferde zu wenig fütterte, er versuchte immer wieder mehr Luzerne am Abend zu geben, wenn sie viel gearbeitet hatten. Ahmed der Metzger besaß mehrere Luzernefelder, aber Ahmed schenkte ihm nichts und auch er hatte auch seine Preise erhöht. Trotz allem fand Yussuf, dass es seine Pferde gut bei ihm hatten, weil er seine Tiere nicht an der Müllhalde fressen ließ, wie viele seine Kollegen das taten. Es gab dort überall reichlich Müll, was konnten aber die Pferde da finden, sie waren doch keine Ratten.

Sein Vater und sein Großvater hatten Pferde besessen, Yussuf war mit ihnen groß geworden, für ihn war das Leben mit ihnen normal, die Zeit schien sich zu ändern und das so schnell, was ihn sehr nachdenklich machte. Er hatte in der Moschee mit dem Imam darüber gesprochen, der war ihm keine große Hilfe gewesen, Allah würde alles ins Gute verkehren. Yussuf hatte einen Cousin, Ali, er arbeitete als Gärtner in den Luxushotels in der Nähe der Pyramiden. Es war eine feste Stelle und er verdiente besser als Yussuf, noch dazu bekam er Essen. Er hatte für Yussuf mit seinem Chef gesprochen und er würde ihn anstellen, wenn er wollte, aber Yussuf wollte nicht, er mochte seine Freiheit, außerdem, was sollte er mit seinen Pferden tun? Sie von Ahmed schlachten lassen? Sie waren nicht alt, nicht einmal zehn Jahre, vielleicht konnte er sie verkaufen, aber daran wollte er momentan nicht denken. Die Touristen waren nach der politischen Krise und den Attentaten endlich wieder mitsamt ihrer vollen Geldbeutel in das Land zurückgekehrt. Er hatte auch Beziehungen mit Reiseführern geknüpft, die ihm gegen Prozente Kunden brachten. Die fünf Pferde arbeiteten bis zu sieben Stunden am Tag, der letzte Ritt war immer der Mühsamste, Yussuf fürchtete jedes Mal, dass ein Pferd mitsamt Tourist zusammenbrach. Deshalb ließ er sie nur im Schritt gehen, trotz der Proteste von manchen Touristen, die traben oder sogar galoppieren wollten. Ein Pferd bereitete ihm Sorgen, er bemerkte, wie viel schneller als die anderen es erschöpft war, obwohl er viel Geld für das Tier ausgegeben hatte. Vielleicht hätte er sich nicht von seinem schönen Aussehen täuschen lassen sollen. Sein Kumpel Salah hatte ihn gewarnt, es sei zu fein für sein hartes Geschäft, er solle lieber den Schimmel daneben kaufen. Mit zwei Schimmeln wollte Yussuf keinen dritten, sondern einen Fuchs. Dieser Fuchs würde bestimmt die Touristen anziehen. Es war ein Goldfuchs mit einer schmalen Blesse, es trug vier weiße Söckchen über den Hufen, hatte eine helle Mähne und einen hellen Schweif, dennoch schien Salah Recht zu haben, Shahin war nicht für diese Arbeit geeignet. In der Nacht hatte Yussuf ihn liegen sehen, öfters als die anderen, in der Früh waren seine Beine fast immer geschwollen, obwohl er versuchte, ihn zu schonen. Er ritt ihn entweder selbst oder vergab ihn an leichte Menschen, aber bereits nach vier Stunden war Shahin erschöpft, da kann man einfach nichts machen…

Shahin

Es war ein guter Tag, Yussuf machte viele Geschäfte, sieben Ausritte waren sogar voll ausgebucht gewesen. Die Pferde bekamen am Abend eine Portion Gerste[2] und mehr Luzerne, er hatte schon vier reservierte Ausritte für den nächsten Tag. Wenn das so weiterging, würde Fatima mehr Lammfleisch bei Ahmed kaufen und gute Sachen kochen können.

Beim letzten Ausritt des Tages gingen der Fuchs Shahin und der schneeweiße Halim nebeneinander, hinter ihnen liefen Sharif, der Braune und Naseer, der Grauschimmel, der Braune Gharib führte die Gruppe mit Yussuf auf dem Rücken. Shahin stolperte oft, atmete schwer und schwitzte.

– „Ich kann nicht mehr, Halim, ich breche bald zusammen!"

– „Reiß dich zusammen Shahin, wir sind bald fertig, dann

2) Die arabische Gerste ist nicht mit der europäischen Gerste vergleichbar, sie gehört zu der Familie der Hirse.

kannst du dich ausruhen!“

– „Ja, und morgen geht es weiter so!“

– „Beiß die Zähne zusammen, schau, das Zelt ist nicht mehr weit und du hast nur ein Kind zu tragen, nicht einen fetten Sack wie Sharif und ich.“

Bald erreichten sie das Zelt, die Touristen stiegen ab, das Kind gab Shahin und Halim ein Stück Zucker, dann verschwanden sie mit dem Reiseführer in einem kleinen Bus. Die Pferde waren am Ende ihrer Kräfte, sie sehnten sich nach ihrem Paddock, Ruhe und Futter, sie beobachteten schon seit einer ganzen Weile, dass es nicht mehr so ruhig wie vor langer Zeit war. Immer mehr Menschen besuchten Gizeh und seine Pyramiden, was für sie längere Arbeitstage bedeutete.

Yussuf war gut gelaunt, er band seine Pferde mit dem Seil an und machte sich auf den Weg nach Hause, Shahin lief als Letzter, obwohl er keine Last mehr trug, konnte er nicht schneller laufen. Endlich waren die Pferde frei, sie wälzten sich unter dem kritischen Blick ihres Besitzers, der Angst hatte, sie könnten sich dabei verletzen und morgen nicht einsatzbereit sein. Allerdings bestand der Paddock wie der Rest der Landschaft rund um Gizeh aus einer Mischung von Sand und Steinen, schöne Dünen aus feinem Sand waren nicht zu sehen. Mit der Schubkarre holte er mehrere Ladungen Luzerne und einen Sack voll Gerste, vorher hatte er die alte Badewanne mit frischem Wasser gefüllt, die Pferde freuten sich darüber und brummten. Er verteilte das Futter und vor jedem Pferd stapelte sich ein Haufen von Luzerne, dann stellte er die Plastikschüssel mit der Gerste ab. Früher hatte er die Gerste auf den Boden geworfen, aber am nächsten Tag lagen noch viele Körnchen umher, die die Tiere nicht gefressen hatten und vergammelten, sie war zu teuer, um verschwendet zu werden.

Shahin trank noch, als Yussuf sein Futter vor ihm hinstellte. Der kleine Wassereimer am Mittag war längst vergessen, er hatte mehr Durst als Hunger. Er fraß langsam seine Luzerne, nahm ein paar Happen von der Gerste, er wollte sich am liebsten nur hinlegen.

– „Shahin! Du musst fressen, wenn wir schon einmal richtig Futter bekommen."

– „Ich kann noch nicht fressen, Halim, mir tun die Beine so weh, ich ruhe mich ein bisschen aus."

Es dämmerte gerade, Yussuf war jetzt im Haus, die Pferde konnten sich endlich entspannen. Shahin hatte sich hingelegt, ab und zu nahm er ein wenig Luzerne, die Schmerzen in seinen Gelenken beruhigten sich langsam. Er dachte an den nächsten Morgen, wenn er wieder auf dem harten Boden gehen müsste und die Schmerzen erneut spüren würde. Auch seine Hufe taten ihm weh, keines der Pferde war beschlagen.

– „Shahin! Friss endlich!"

– „Ich habe keine Lust mehr Halim, ich will nicht mehr aufstehen, nicht mehr auf dem steinigen Boden mit Menschen auf meinem Rücken gehen, ich will gar nichts mehr!"

– Willst du wie Hossan enden? Hossan ist eines Tages nicht aufgestanden, als Yussuf in der Früh gekommen ist, um uns zu satteln. Er hat ihn hiergelassen, ist aber, bevor wir losgingen, zu diesem schrecklichen Menschen gegangen, der permanent alle möglichen Tiere tötet und am Abend war Hossan nicht mehr da. Der Paddock hat nach Blut gerochen, an seiner Stelle war eine getrocknete Blutlache. Der Hund hat uns später erzählt, wie der Metzger Hossan getötet hat und dann mit dem Traktor zu seinem Geschäft geschleift hat."

Shahin seufzte, er hatte sich oft mit dem namenlosen Hund

unterhalten, er hatte es noch schwerer als sie, wie alle Hunde hier. In der Nacht plünderten sie die Mülleimer des Metzgers und konnten nur so überleben. Kinder und Erwachsene warfen Steine auf sie, sobald sie sich einem Haus näherten. Der Namenlose hatte es trotz allem geschafft, von Ahmed ein bisschen Futter zu kriegen, weil er Alarm geschlagen hat, als ein Dieb sich in seinen Schuppen geschlichen hatte. Durch das Bellen ist Ahmed rausgekommen und hat den Dieb erwischt, seitdem fütterte er den Namenlosen, damit er in der Nähe bleibt und auf die Werkzeuge und den Gemüsegarten aufpasst. Deshalb dürfen seine Kinder ihn nicht mehr mit Steinen bewerfen, trotzdem vertraute der Hund diesen Menschen nicht, er behielt eine gewisse Distanz zum Haus und seinen Bewohnern. In der Nacht ging er gern zu den Pferden und sprach mit ihnen, besonders mit Shahin, der länger wach blieb. Er mochte den Fuchs und sah, wie unglücklich er war. Ganz ehrlich, welches Tier konnte sich hier wohlfühlen? Kein Mensch achtete sie, sie wurden als Fleischlieferanten, als Transporter, als Lasttiere angesehen oder gar nicht wahrgenommen, wie die Hunde oder die Katzen. Es waren so viele hungrige, vernachlässigte, gequälte Tiere in der Nähe der großen Stadt, der Namenlose fand sein Dasein in diesem Dorf noch erträglich. Er ging zum Paddock, es war stockfinster, die erschöpften Pferde schliefen im Stehen oder im Liegen, er sah Shahin, der auf dem harten Boden lag und sich nicht bewegte, als der Hund sich näherte.

– „Na, Shahin, schläfst du noch nicht?“

– „Ich bin zu müde um zu schlafen, ich werde jeden Tag müder. Diese langen Stunden in der Hitze, auf diesem Boden zu marschieren, nimmt mir meine ganze Kraft, dazu das alles fast ohne zu trinken.“

– „Manchmal frage ich mich, ob es für die Tiere besser ist,

einem Menschen zu gehören. Ich kann immer abhauen, wenn sie böse werden, aber ihr armen Pferde könnt das nicht."

– „Es stimmt, leider. Halim sagt, ich muss mich zusammenreißen, sonst werde ich wie Hossan enden. Nun, Hossan hat jetzt seine Ruhe und wird nie mehr Touristen tragen und ich glaube, egal ob jetzt oder später, werden wir alle von Ahmed getötet werden."

Der Namenlose schwieg, er wusste, dass Shahin Recht hatte. Er hatte so viele Pferde gekannt, alle hingen irgendwann im Kühlhaus des Metzgers.

– „Gute Nacht, Shahin, erhol dich gut."

– „Gute Nacht, Namenloser, danke."

Shahin dachte weiter nach, aber langsam wurde er von der Erschöpfung überfallen und schlief endlich ein.

In der Früh kam Yussuf mit einer Schubkarre mit Luzerne, so viel wie gestern Abend war es nicht, sondern eine Handvoll für jedes Pferd, was für den Tag, den sie vor sich hatten, unzureichend war. Er füllte die Kanister mit Wasser, die er danach auf jedem Sattel fixierte, so konnte er im Laufe des Tages seine Pferde immer wieder trinken lassen. Nach und nach wurden die Pferde gebürstet, Shahin war der Letzte, sein Futter hatte er gefressen, aber seine Beine waren wieder angeschwollen. Yussuf hatte gehofft, es würde dem Fuchs heute besser gehen. Die Pferde waren jetzt gesattelt, trugen die Kanister, an das Seil gebunden verließen sie hintereinander das Dorf, unter den Blicken des Namenlosen.

Shahin ging langsam am Ende der Gruppe, er hoffte, sie würden nicht sofort mit den Ausritten anfangen, aber in der Ferne sah er schon einen Minibus, der in der Nähe von Yussufs Zelt geparkt war. Es war noch nicht heiß, die Temperatur stieg aber schnell an, in zwei Stunden würde der Boden brennen. Die Touristen stiegen aus, freuten sich auf die Pferde, Yussuf verteilte sie, es war ein junges Mädchen dabei, er gab ihr Shahin. Ein korpulenter Mann sollte Naseer reiten, er wollte aber Shahin. Der Reiseführer erklärte ihm, es wäre nicht möglich, weil das Pferd nur Kinder und Jugendliche tragen kann. Es kam zum Streit, das Mädchen wollte nicht wechseln, Yussuf wusste nicht, was er tun sollte, überhaupt war es ihm nicht Recht, diesen Mann auf Shahin reiten zu lassen. Schon sah er den geplanten Ausritt wegen diesem Idioten ins Wasser fallen. Ihm Shahin zu geben, bedeutete, dass das Pferd die nächste Tour nicht machte konnte. Nach langer Diskussion stieg der Mann endlich auf Naseer auf und sie konnten starten. Durch den Streit waren sie jetzt verspätet, die Temperatur war inzwischen deutlich gestiegen, bis zu dem Moment, an dem sie an der kleinen Pyramide ankommen sollten, würde es sehr heiß werden. Yussuf entschied, den Ausritt abzukürzen, er ritt an ihr vorbei und hoffte, dass die Touristen es nicht bemerkten. Sie waren schon alle am Schwitzen, fächelten sich mit ihren Tüchern Luft zu und schienen nicht erpicht darauf zu sein, weiter in der Bruthitze zu reiten. Er bot ihnen eine Pause an, damit sie fotografieren konnten, was aber in Wahrheit als Pause für seine Pferde gedacht war, bevor sie den Rückweg antraten. Shahin stolperte oft, das Mädchen streichelte seinen Hals und er spürte, dass sie glücklich war.

Es war jetzt zehn Uhr, die Sonnenstrahlen brannten gnadenlos auf Mensch und Tier herab. Nun warteten vier hochgewachsene Männer mit Hüten geduldig neben einem Minibus. Genauso wie Yussuf verzweifelte Shahin beim Anblick dieser riesigen Menschen. Vor dem nächsten Ausritt gönnte er sich und seinen Pferde eine kurze Pause, Shahin hatte Durst, bekam aber nichts zu trinken. Die Männer schauten sich die Pferde an, einer streichelte Shahin.

– „Der gefällt mir, ich würde ihn gern reiten."

Yussuf bekam Panik und sagte dem Reiseführer, dass Shahin momentan kein schweres Gewicht tragen konnte und als Führpferd diente. Er fürchtete wieder einen Streit mit dem Kunden, aber diesmal hatte der Mann Verständnis. Yussuf war schwerer als das Mädchen, aber lang nicht so schwer wie diese großen Europäer.

– „Halim, wie geht es dir?"

– „Es geht, Shahin, er sitzt mir nicht auf den Nieren und verteilt sein Gewicht besser, aber noch drei wie er heute und ich bin tot."

Yussuf verkürzte wieder den Ausritt und war froh, keinen neuen Bus vor dem Zelt stehen zu sehen. Die vier Männer waren angenehm, verabschiedeten sich nett von den Pferden.

Endlich gab es eine Pause, bis fünfzehn Uhr wollten keine Menschen reiten, Yussuf brachte jedem Pferd einen kleinen Eimer Wasser. Das Wasser war warm geworden, aber alle Pferde tranken es gierig. Er zog sich in sein selbstgebasteltes Zelt zurück, trank Tee und dachte nach. Zwei Gruppen hatten ab fünfzehn Uhr gebucht, ein anderer Reiseführer wollte noch zwei dazu bringen, er würde heute wieder einen guten Umsatz machen. Das passte ihm gut, denn morgen war Freitag, er nahm sich freitags immer frei, weil er zuerst in den Hamam ging und dann zum Gebet in die Moschee. Er freute sich darauf mit Fatima und den Kindern nach Kairo zu fahren. Obwohl er einen Führerschein besaß, konnte er sich kein Auto leisten, aber Ali musste am Freitag arbeiten und lieh ihm seines. Er nahm seine Misbaha[3], betete, dass keine großen oder fetten Touristen am Nachmittag kamen, er hoff-

3) Gebetskette mit 99 Perlen.

te, Allah würde gut zu ihm sein. Unter ihrer zerfetzten Plane versuchten die Pferde, sich beim Dösen von den Strapazen zu erholen.

Die neuen Gruppen hatten jedes Mal Kinder und Frauen dabei, die Männer waren keine Riesen oder fett. Die letzte Stunde schien für die Pferde kein Ende zu nehmen, sie waren an der Grenze ihrer Kräfte, obgleich die Hitze nachließ. Auf dem Rückweg überlegte Yussuf, ob er größere Portionen Luzerne bei Ahmed kaufen sollte, der Sack Gerste war noch halbvoll und er hatte Trinkgeld für die Pferde bekommen. Allah war heute gnädig mit ihm gewesen, deshalb sollte er auch gut mit seinen Pferden sein.

Zu Hause holte er wieder genug Luzerne bei Ahmed, fütterte seine Tiere und verschwand zu seiner Familie. Die Pferde fraßen mit großer Freude, außer Shahin, der immer noch am Trinken war. Diesen ständigen Durst den ganzen Tag vertrug er genauso wenig wie schwere Menschen auf seinem Rücken. Vielleicht würde er mit mehr Wasser seine Last besser tragen können, aber Yussuf machte sich keine Gedanken darüber.

Wie Shahin zu Yussuf kam

Aus seinem früheren Leben kannte Shahin so etwas nicht, er hatte immer genug zu fressen und zu trinken gehabt und hatte nie so viel gearbeitet. Er war von einem reichen Mann gekauft worden, dessen Kinder reiten lernen wollten und er war in einem schicken Reitclub in der Nähe von Kairo untergebracht. Der Vater, aber meistens die Mutter, brachten Tochter und Sohn fast jeden Tag nach der Schule zum Stall. Am Anfang durften sie ihn an der Longe mit dem Reitlehrer reiten, nach und nach konnten sie Shahin frei reiten und wenn sie nicht kamen, ritt ihn der Reitlehrer, deshalb verstand er nicht, warum ihn auf einmal die Kinder nicht mehr so oft besuchten. Er blieb viel mehr in seiner Box und langweilte sich, nur der Reitlehrer bewegte ihn in der Zwischenzeit. Shahin überkam ein seltsames Gefühl, die Kinder kamen gar nicht mehr, der Reitlehrer ritt ihn immer weniger, etwas stimmte nicht. Einmal war der Vater da, er unterhielt sich lange mit dem Reitlehrer, nicht weit von seiner Box entfernt, aber weit genug, dass das Pferd nur gebrochene Sätze verstand. Der Reitlehrer hatte eine schöne Hündin, sie saß neben den beiden Männern, sie trug ein schönes Halsband und hatte einen komischen Wirbel[4] auf dem Rücken. Sie war nett, kein Mensch warf Steine auf sie wie bei dem Namenlosen und seinen Artgenossen, sie hatte auch einen Namen, Bridgett. Bridgett lief den ganzen Tag hinter ihrem Besitzer her, manchmal spazierte sie sogar allein in dem Reitclub umher und sprach gerne mit den Pferden. Sie wusste viel und konnte den Pferden alles erzählen, was los war. Als der Vater weg war, hoffte Shahin etwas durch Bridgett zu erfahren, es dauerte aber bis die Hündin endlich zu ihm kam.

– „Bridgett! Worüber haben sie gesprochen, ich konnte es nicht verstehen, sie waren zu weit weg."

– „Ach, Shahin, vielleicht ist es besser so."

– „Sag es mir, Bridgett, bitte!"

– „Die Kinder wollen nicht mehr reiten, der Vater verkauft dich, vielleicht bleibst du hier oder du verlässt uns."

– „Ich habe das geahnt, es war merkwürdig, dass sie nicht mehr kommen… Weißt du, wann ich weg soll?"

– „Nein. Wenn jemand hier dich kauft, wirst du auch hier bleiben, ich hoffe, du kommst in gute Hände."

---

4) Rhodesian-Ridgeback-Hunde haben diesen Wirbel.

– „Ja, das hoffe ich auch…“

Bridgett entfernte sich, Shahin stand unter Schock. Er konnte es nicht verstehen, er war immer brav und anständig mit den Kindern und dem Reitlehrer umgegangen, warum passierte so etwas? In den nächsten Wochen kamen mehrmals Fremde, um ihn zu reiten, auch Leute vom Reitclub ritten ihn, alle fanden ihn schön und brav, aber keiner kaufte ihn. Shahin hatte einen einzigen Makel: Er hatte Angst zu springen und verweigerte jedes Hindernis, leider wollten alle diese Leute mit ihm springen können. Irgendwann brachte der Reitlehrer ihn in einen Pferdehänger und fuhr los. Als Shahin die Rampe hinuntertrat, sah er eine Lagerhalle, die an den Seiten halbgeöffnet war, zu der er geführt wurde. Es war halbdunkel, viele Pferde standen nebeneinander an einer Stange angebunden, ein paar warteten in vergitterten Boxen untergebracht und Shahin wurde in eine geführt. Der Reitlehrer nahm sein Halfter runter, streichelte seinen Hals, schloss die Tür und ging.

– „Der arme Kerl, sowas hat er nicht verdient…“, murmelte er.

Shahin blieb wochenlang in dieser zu kleinen Box, er bekam weniger zu fressen, wurde nur geputzt, wenn Leute ihn anschauen wollten und wurde nur sporadisch longiert. Viele von seinen Artgenossen hatten es schlimmer als er, besonders die angebundenen Pferde taten ihm sehr leid. Eines Tag kam Yussuf mit seinem Freund Salah, beide schienen Daoud, den Pferdehändler, gut zu kennen, sie lachten viel zusammen und er zeigte ihnen die angebundenen Pferde. Yussuf schaute mehrere Tiere an, Salah zeigte ihm einen Schimmel, er schüttelte den Kopf, sprach mit Daoud, der ihn an die Box von Shahin verwies.

Die drei Männer waren jetzt in der Box, Shahin hatte sich in eine Ecke gedrückt, Yussuf sah seine Zähne an und tastete seine Beine ab, dann fragte er nach seinem Preis und wollte ihn an der Longe sehen.

– „Yussuf! Nimm ihn nicht, er ist kein Pferd zum Arbeiten!“ sagte Salah.

Der Händler bemerkt das Interesse von Yussuf schnell. Trotz seiner Schönheit würde es noch lange dauern, bis er einen Käufer für ihn fand, weil er nicht sprang. Der Pferdehändler hatte zwei Sorten von Kunden, die Reichen, die sich mit einem Pferd vergnügen oder angeben wollten oder die Armen, die mit ihnen ihr Geld verdienten, bis sie umfielen. Daoud hatte seine Rationen reduziert, der Fuchs stand nicht mehr so gut im Futter wie noch vor ein paar Wochen, er hatte keine Zeit, ihn regelmäßig zu bewegen. Shahins Muskeln litten darunter, noch ein weiterer Monat so und es würde nur noch ein Klepper in dieser Box stehen.

Nach einer langen Diskussion mit vielen Gesten, lautem Lachen und Gerede, gaben sich Daoud und Yussuf einen Handschlag, Yussuf zog viele Geldscheine aus seiner Galabeya und reichte sie dem Händler, während Salah mit den Augen rollte. Am nächsten Tag holten Yussuf und Salah das Pferd in der Früh mit einem klapprigen, heruntergekommenen Hänger ab und kurz danach begann ein neues Leben für Shahin.

Die Pyramide

Yussuf hatte ihn an einem Pfosten angebunden, während er einen Sattel und eine Trense holte, die früher für Hossan bestimmt gewesen waren, sah Shahin vier andere Pferde, angebunden wie er, alle waren viel magerer als er, sie waren schon gesattelt. Er bekam einen für seinen Rücken viel zu langen Sattel und ein verrostetes Gebiss ins Maul. Nachdem Yussuf die vier Pferde an das Seil gebunden hatte, stieg er auf Shahin auf und ritt los. Shahin spürte, wie der Sattel auf seinen Rücken drückte und wie die scharfen Kanten des Gebisses in seinen Mundwinkeln zwickten. Sie liefen durch ein Dorf, dann auf einen staubigen Weg, der zu der Pyramide führte. Shahin hatte noch nie die große Pyramide gesehen, nur von Bridgett davon gehört. Der Blick auf das mächtige Monument überwältigte ihn so sehr, dass er für ein paar Minuten die Schmerzen, die sich auf seinem Rücken ausbreiteten, vergaß. Auf einem so harten und steinigen Boden zu gehen, war er nicht gewöhnt, seine Hufe taten ihm weh, noch dazu wog Yussuf wesentlich mehr als der Reitlehrer oder die Kinder. Shahin war verzweifelt, in seinen schlimmsten Alpträumen hätte er sich so etwas nie vorstellen können.

Die ersten Wochen ritt Yussuf ihn selbst, er war stolz auf sein neues Pferd, wartete noch, bevor er die Touristen reiten ließ, dann war es so weit und Shahin fing an, alle möglichen Menschen zu tragen. Er war in seine Gedanken versunken, als Halim ihn ansprach.

– „Wir haben morgen frei, Shahin! Ich glaube, die letzte Stunde hat uns alle an unsere Grenzen gebracht. Der arme Naseer, er hat seit heute Früh nur schwere Menschen getragen, weil er der Größte von uns allen ist. Er ist so fertig... also genießen wir ein paar Stunden im Paradies, bevor die Hölle wieder losgeht."

– „Du hast Recht, Halim."

Nach langem Trinken fraß Shahin seine Luzerne und die Gerste, er dachte an die Pyramide, die er jetzt seit drei Monaten jeden Tag sah. Wenn er entlang der riesigen, gestapelten Steine vorbeiging, fühlte er sich anders: Er konnte besser gehen, wurde leichtfüßig, war wie gehoben von einer unsichtbaren Kraft und wäre fast glücklich gewesen. Sobald er und seine Freunde sich von ihr entfernten, fielen die Erschöpfung und die Schmerzen über sie her. Diese Energie sprudelte nicht so stark aus den anderen Pyramiden, sondern nur aus der Cheops-Pyramide, der größten. Er hatte sich mit Halim und den anderen Pferden darüber unterhalten, alle waren sich einig über das Phänomen, am liebsten wären sie nur ringsherum um die große Pyramide gegangen, weil es ihnen leichter fiel. Immerhin durften sie auf dem Rückweg dort entlanglaufen, was ihnen die letzte Kraft bis zum Zelt spendete.

Von dem Paddock aus konnte Shahin die Pyramide in der Ferne noch sehen, am schönsten war sie in den frühen Morgen- und Abendstunden, wenn sie von rotem und goldenem Licht umhüllt war. Bei Vollmond wurde sie weißbläulich angestrahlt, was sie unheimlich erscheinen ließ. Feinfühlig wie Pferde sind, konnte Shahin sich nicht vorstellen, dass Menschen wie Yussuf oder die Touristen eine Pyramide bauen konnten. Außerdem besaß kein Mensch ihre kraftvolle Ausstrahlung, vielleicht war das der Grund, warum so viele Menschen sich um sie drängten. Shahin döste, der Himmel war klar, kein Mond zeigte sich am Firmament, welches, übersät von tausenden Sternen, die Wüste überwachte. Die Müdigkeit hatte ihn fest im Griff, die Schmerzen wurden weniger, ohne komplett zu verschwinden.

– „Shahinnn!“

Das Pferd erschrak, wachte auf und blickte um sich, wer ihn so spät in der Nacht rief, niemand war da, er hörte nur die Hunde in der Ferne bellen. Im Dorf war kein Mensch mehr unterwegs, es war vollkommen still. Erneut erklang die Grabesstimme in seinem Kopf.

– „Shahinnn!“

Diesmal drehte er sich in Richtung der Pyramide, von der aufgrund der tiefen Dunkelheit nur noch ein schwacher

Schatten sichtbar war. Die Stimme schien tatsächlich von der Pyramide auszugehen, was das Pferd gleichzeitig erfreute und beunruhigte.

– „Shahinnn, hab keine Angst, ich bin die große Pyramide.“

Er wusste nicht, was er antworten sollte, es kam so unerwartet, so fantastisch. Die Stimme, die aus der Tiefe der Erde kam, klang wie geriebene Steine.

– „Ja, ich höre dich.“

– „Du hast Schmerzen, Pferd, ich spüre sie, auch deine Seele hat Schmerzen, wie alle Pferde und Tiere, die für die Menschen zwangsarbeiten müssen, so viele Tiere mit so viel Leid…“

– „Siehst du uns?“

– „Jaaa… nicht mit Augen, ich habe keine, sondern durch unsichtbare Energien spüre ich euch.“

– „Du hilfst uns immer, wenn wir an dir vorbeigehen, nicht wahr?“

– „Habt ihr das bemerkt? Das ist schön. Ich bin so alt, so viel ist um mich herum passiert, viel Schlechtes, viel Böses, selten Erfreuliches… Ich beobachte seit über tausenden von Jahren die Menschen, die Tiere und die Wüste aus der Ferne. Die letzten zweitausend Jahre schienen sich nur durch Blut, Asche und Trümmer zu entwickeln… Vernichtung, Gewalt und Zerstörung sind die Symbole der Macht der Menschheit auf dieser Erde. Sie sind so viele, und so wenig verstehen sie die friedliche Koexistenz mit der Natur, mit den Tieren, sie sind krank und bemerken es nicht.“

– „Wie können wir uns befreien?“

– „Ihr könnt es nicht, nicht jetzt, aber eines Tages wird die Veränderung kommen. Sie hat schon begonnen, die Menschheit ändert sich, es wird aber leider noch lang dauern, viele Tiere werden noch sterben müssen."

– „Sprichst du nur mit mir oder auch mit allen anderen Pferden und Tieren? Was ist mit dem Namenlosen?"

– „Ja, Shahinnn… ich habe schon mit allen Pferden, die um mich herum arbeiten, gesprochen. Ich helfe ihnen zu überleben, ihre sinnlose Existenz zu ertragen, ich helfe ihnen zu sterben. Der arme Namenlose, die gute Seele, die sich nach Liebe sehnt und doch nur mit Steinen beworfen wird."

– „Hast du Hossan geholfen?"

– „Oh! Jaaa… Hossan wollte nicht mehr, er hatte die Quälerei satt, ich habe seine Seele dorthin begleitet, wo keine Tiere mehr leiden müssen."

– „Ich glaube, ich werde bald wie Hossan enden und durch die blutigen Hände von Ahmed sterben."

– „Nein, Shahinnn… so wird es nicht kommen… ich erzähle dir bald davon… hab Vertrauen, ich komme wieder."

Und die Stimme verschwand.

Shahin fiel in einen tiefen Schlaf, früher träumte er, aber seit er Yussuf gehörte, war er zu müde dafür. Am nächsten Tag hatten die fünf Pferde frei, sie bekamen in der Früh ein wenig zu fressen, dann verschwand Yussuf mit der ganzen Familie. Sie genossen es, keine Belastung auf ihren Rücken und Beinen zu spüren, sie legten sich regelmäßig hin, standen wieder auf, fraßen die letzten Blätter Luzerne und freuten sich, dass sie nichts tun mussten.

– „Halim, hat die Pyramide schon mit dir geredet?"

– „Oft, Shahin, hat sie jetzt mit dir gesprochen?“

– „Ja, gestern Nacht. Es ist so unheimlich, sie weiß alles über uns und die Welt. Sie hat mir von Hossan erzählt.“

– „Hossan… so ein liebes Pferd.“

– „Pferde bestehen aus reiner Liebe, Halim, warum wir so ein Leben ohne Liebe ertragen müssen, verstehe ich nicht.“

– „Wurdest du nicht geliebt, bevor du zu Yussuf kamst?“

– „Nein, ich wurde benutzt, aber nicht geliebt. Der einzige Unterschied zu hier war, dass ich genug zu fressen hatte und nicht stundenlang alle möglichen Menschen tragen musste, aber Liebe war keine da. Nun, mit einem vollen Bauch verzweifelst du weniger.“

– „Ich hatte nie einen vollen Bauch, meine Mutter hatte schon Milch, aber nicht viel, sie war selbst so dünn… Warum lieben sie uns nicht?“

– „Es gibt Menschen, die uns lieben. Wo ich früher war, habe ich schon ein paar gesehen, vielleicht zwei, sie hatten ihre Pferde richtig lieb, sogar die anderen Pferde.“

– „Ich mache mir Sorgen um Naseer… Schau wie müde er immer noch ist.“

– „Kein Wunder, er trägt den ganzen Tag die schwersten Menschen. Auch Gharib hat das Pech, größer als wir und Sharif zu sein. Es ist grausam… und morgen geht es wieder los.“

– „Ich hoffe, wir kriegen genug zu fressen heute Abend…“

– „Mach dir keine Hoffnung, Halim, so wirst du nicht enttäuscht.“

– „Da hast du Recht.“

Es war Mittagszeit, auf ihrem kleinen Paddock hatten die Pferde keinen Unterstand, sie schmorten unter der prallen Sonne. Weil es Freitag war, hatte der Sohn nicht ausgemistet und die Mülleimer von Ahmed waren übervoll, es wimmelte nur so von Fliegen und Insekten, die sich auf die Pferde stürzten. Sie schüttelten ihre Köpfe, peitschten mit ihren Schweifen, aber die Fliegen sammelten sich um ihre Augen, die deswegen stark tränten, was wiederum die Insekten anlockte. Am späten Nachmittag war Yussuf mit der Familie zurück und schaute nach seinen Pferden. Er bemerkte, wie Naseer mit gesenktem Kopf in einer Ecke stand, obwohl er heute nichts getragen hatte. Eigentlich wollte er heute nicht viel Luzerne füttern, aber morgen Früh war schon eine Tour fest gebucht. Er konnte nicht riskieren, dass ein Pferd schwach wurde. Er holte die Luzerne bei Ahmed und gab ihnen sogar die Schüssel mit der letzten Gerste, die leere Wanne füllte er voll mit frischem Wasser, was Shahin freute.

– „Sieh, Shahin! Er hat uns gut gefüttert!“

– „Ja, weil wir morgen wieder hart arbeiten werden müssen.“

Am Abend hoffte Shahin, die Stimme der Pyramide zu hören, aber sie blieb stumm.

Der Ruhetag hatte allen gut getan, in der Früh war keiner glücklich, sich auf den Weg zum Zelt zu machen. Yussuf ritt Sharif, zog das Seil mit den anderen Pferden. Bald sah er die erste wartende Gruppe und war nicht erfreut: vier fette Männer mit Bermudas, Sandalen und Käppis. Naseer zuckte zusammen: „Ach du meine Güte!“.

Yussuf verteilte die Pferde, er führte den Zug mit Shahin an. Shahin war entsetzt, die schlechten Sättel seiner Freunde taten unter der schweren Last noch mehr weh. Yussuf war sauer, solche Touristen erschöpften die Pferde nach dem ersten Ausritt, nun, was tun? Wenn er sich bei dem Reiseführer beklagte, würde er ihm keine Gruppe mehr bringen. Es war langsam glühend heiß, die Pferde gingen sehr langsam, entlang der Pyramide erschallte die Grabesstimme.

– „Haltet durch, Freunde!“

Yussuf verkürzte die Tour drastischer als sonst. Endlich waren sie zurück, alle Pferde schwitzten stark, die Temperatur stieg unbarmherzig weiter an und die nächsten Touristen warteten schon auf sie, eine Frau mit einem Jungen und zwei Mädchen.

„Allah sei Dank!“ dachte Yussuf. Die Kinder waren ganz begeistert, fragten nach ihren Namen und freuten sich, auf ihnen zu reiten. Naseer und Shahin bekamen die Mädchen zugeteilt, Sharif und Halim die Frau und den Jungen, während Yussuf mit Gharib führte. Alle gingen leichter, sie trabten sogar an der Pyramide entlang, sie machten die normale Tour mit der obligatorischen Fotopause. Auf dem Rückweg sangen die Mädchen mit ihrer Mutter, die Pferde fanden es sehr schön, mit diesen netten Menschen unterwegs zu sein, es kam so selten vor. Zurück am Zelt holten die Mädchen Äpfel aus ihren Taschen, die sie extra für sie vom Frühstücksbuffet mitgebracht hatten und gaben jedem Pferd einen. Nach langem Streicheln stiegen sie alle wieder in den Minibus ein.

Es war bald Mittag, die Sonne brannte, Yussuf gab jedem Pferd einen kleinen Eimer Wasser, zog sich dann nachdenklich zurück. Er wünschte sich, jeden Tag mit so freundlichen Menschen unterwegs zu sein und fragte sich, welche der Nachmittag ihm bringen würde. Der Nachmittag ging mit drei Ritten zu Ende, zum Glück waren keine übergewichtigen Touristen gekommen, sondern jedes Mal waren sogar ein oder zwei Kinder dabei. Yussuf hätte gern noch eine Tour gemacht, kriegte aber selbst von den fetten Männern so viel

Trinkgeld, dass sein Umsatz mit nur fünf Ritten stimmte, deshalb bepackte er seine Pferde und ritt nach Hause. Weil die Pferde es seiner Meinung nach heute leicht gehabt hatten, bekamen sie nicht so viel Luzerne und keine Gerste.

Seit er Shahin gekauft hatte, liefen seine Geschäfte gut, trotz seiner Schwäche war Shahin ein Hingucker und brachte ihm Glück. Wenn es so weiterging, würde er ein fettes Schaf für den Îd al-Adha[5] kaufen können, Fatima würde sich freuen.

Die Fremde

Die Pferde waren endlich allein, fraßen ihre magere Mahlzeit, sie waren müde und traurig. Sie hatten so viel geschuftet und sich auf eine ordentliche Menge Futter gefreut, die ihnen nicht gegönnt wurde. Der Mond nahm zu, sein Licht beleuchtete leicht die Landschaft und die Pyramidc, wic alle heute Früh hatte Shahin ihre Stimme gehört, ohne sie hätten sie diese schreckliche Tour nie geschafft. Alle Pferde hatten sich hingelegt, dann erklang die Grabesstimme.

– „Shahinnn!“

– „Ja, ich höre dich!“

– „Gut, mein Sohn, wie geht es dir?“

– „Es geht, aber ohne dich hätten wir den ersten Ritt nie überlebt, danke, danke dir! Wie gehts aber weiter? Naseer wird nicht mehr lang durchhalten, wenn er immer die schwersten Menschen tragen muss.“

– „Geduld, Shahinnn! Es wird ein gutes Ende für euch geben, ihr werdet nicht mehr lang die Geiseln dieses Mannes bleiben, glaub mir, ich weiß es.“

---

5) Muslimisches Opferfest.

– „Dann glaube ich dir. Darf ich dich etwas fragen?“

– „Jaaa… natürlich.“

– „Wer hat dich erbaut? Es können nicht diese Menschen gewesen sein, wie Yussuf oder die anderen?“

– „Du hast völlig Recht, Pferd, es sind keine Menschen, die mich gebaut haben, sondern ein Sternenvolk.“

– „Ein Sternenvolk?“

– „Ja, Menschen, die von den Sternen kommen. Die Menschen auf der Erde waren so lange, soviel mit ihren Kriegen und ihrer Barbarei beschäftigt, die hätten mich nie bauen können. Die Törichten bohren und suchen in meinem Inneren nach meinem Geheimnis, ich höre sie reden, wie sie sich auf ihre falschen Vermutungen freuen… Sie messen unermüdlich, kalkulieren, berechnen jeden Zentimeter von mir, analysieren mit Geräten meine Steine… eine irrsinnige Suche, die zu nichts, gar nichts führen wird. Mein Geheimnis wird diese Menschheit nie entdecken, solange sie sich auf der dunklen Seite befindet, solange sie die Erde mit ihren Mitbewohnern nicht respektieren, solange sie sich im Blut von Tieren und Menschen wälzen, werden sie die primitivsten Kreaturen bleiben, die du jeden Tag siehst und ertragen musst.“

– „Es ist traurig, dann gibt es keine Hoffnung für uns und für sie.“

– „Doch… Shahin, trotz allem erwacht ein Teil der Menschen, der wiederum die Resonanz und die Schwingungen langsam verändert. Es dauert, bis sie die geometrische Harmonie des Lichts verstehen, dann wird für die Erde eine andere Ära beginnen. Weißt du, niemand steht über der göttlichen Ordnung, die Menschheit muss sich wieder mit dem Göttlichen verbinden. Die Tiere waren und sind immer mit

Gott verbunden, aber der Mensch kämpft dagegen an, deshalb tut er den Tieren so viel Leid an."

– „Kann das Sternenvolk nicht zurückkommen, um uns zu helfen?"

– „Nein, können sie nicht, die Erde ist von einer Schicht von Gewalt verdichtet, sie muss gereinigt werden, außerdem wollen sie es nicht, es liegt in den Händen der Menschheit, das Chaos zu beenden."

Die Pyramide machte eine Pause, Shahin war langsam müde und was er erfahren hatte, hatte ihn tief getroffen.

– „Shahinnn... Du musst jetzt schlafen... Gute Nacht!"

Und die Grabesstimme verstummte.

Am nächsten Tag sah das Pferd die Menschen in einem anderen Licht. Es war nachdenklich und hätte gern alle diese Clowns von seinem Rücken runtergebuckelt. Aber was dann?

In der Pause war ein Paar in der brutalen Hitze unterwegs, sie spazierten und schauten die Touristenpferde an. Jedes Mal schossen die Halter blitzschnell aus ihren Verstecken und boten ihnen einen Ausritt an, den die Fremden höflich ablehnten. Shahin und seine Freunde dösten vor sich hin, als die beiden sich näherten. Im Gegensatz zu seinen Kollegen saß Yussuf weiter vor seinem Tee und stand nicht auf. Er hatte keine Lust, in der Hitze zu reiten, nicht für zwei Touristen, außerdem hatte er drei Gruppen für später eingeplant.

– „Die sind am besten gepflegt", sagte die Frau, „Aber so mager..."

– „Wenigstens haben sie keine sichtbaren Wunden oder Verletzungen, obwohl... die Sättel könnten sie verstecken, schau, alle haben zu lange Sättel, das kann nicht lang gut gehen."

– „Der Fuchs und der Schimmel sind wirklich schön“ und die Frau zeigte auf Shahin und Halim.

Shahin, wie alle Pferde, verstand jede Sprache und fragte sich, was diese Touristen wohl wollten, während Yussuf erleichtert war, als sie verschwanden. Danach saß das Paar in einem Taxi, welches sich seinen Weg durch den chaotischen Verkehr von Kairo bahnte und nach außerhalb fuhr.

– „Ehrlich, diese Zustände zu sehen, macht mich zornig. Haben diese Leute keine Gefühle, ihre Pferde so zu behandeln? Und die Touristen, die sie reiten, sind nicht besser. Wenn ich daran denke, dass wir unsere beiden Pferde auf Händen getragen haben… und trotzdem haben wir auch Fehler gemacht, nicht wahr Simon?“

– „Was willst du machen, Ella? Wir können sie nicht alle retten, leider.“

– „Wir fragen Ralf und Astrid, was sie denken. Sie leben hier schon so lang, sie haben einen anderen Blickwinkel als wir.“

Das Taxi brachte seine Gäste zu einer hübschen Villa im arabischen Stil mit flachem Dach und einem mit einer Mauer abgegrenzten Garten. Der Rasen war teilweise trocken und gelb, ein paar Palmen, mehrere Jasminsträucher und Bougainvilliers verbreiteten Farben und Düfte, mit den Agaven in riesigen Töpfen vor dem Eingang wirkte der Garten wie eine Oase in der brennenden Hitze. In der Mitte des Hauses war ein Innenhof, wo ein Tisch mit bequemen Sesseln und Liegestühlen auf die Gäste wartete. An einer Wand voll mit schönem Mosaik dekoriert floss ein Springbrunnen, erfrischte die Luft und vermittelte eine friedliche Atmosphäre.

– „Und, wie war euer Ausflug zu der Pyramide?“ fragte Ralf.

– „Dieser Koloss ist schon beeindruckend, man kann sich nicht vorstellen, dass Menschen so etwas gebaut haben."

– „Ja, das sagen inzwischen viele."

– „Was meinst du als Ingenieur?" sagte Simon.

– „Um ehrlich zu sein, ich bezweifle es auch, obwohl ich von rationalem Denken beherrscht bin."

– „Brauchen wir alles zu wissen?" sagte Ella, „Das ist die Frage. Bringt es die Welt weiter, wenn wir wissen, wie sie gebaut worden ist? Wird es für die Pferde, die Kamele und die Esel, die in ihrem Schatten gequält werden, etwas ändern? Nichts, gar nichts, gar nichts!"

– „Wie ich euch kenne, dachte ich mir schon, dass ihr die armen Seelen bemerken würdet."

– „Es hat uns sehr getroffen" sagte Simon, „wir haben unsere beiden Pferde in den letzten Jahren verloren, wie ihr wisst…"

– „Ist es schwierig, Pferde von Ägypten nach Deutschland zu bringen?" fragte Ella.

– „Es soll möglich sein. Habt ihr so etwas vor?"

– „Ähm… wissen wir nicht. Oder noch nicht. Eigentlich ist es eine emotionale Angelegenheit, diese Pferde sind so in Not, vernünftig wäre es nicht."

– „Ach, so! Nicht vom Staatsgestüt[6]?"

– „Nein, unsere waren auch gerettete Tiere, es gibt Pferde wie Sand am Meer, egal wo."

---

6) Ägyptisches Staatsgestüt El Zahraa, wo Vollblutaraber gezüchtet werden.

– „Ich zweifle, dass die Pyramidenpferde sehr gesund sind, Ella. Und wenn ein paar von ihnen aus dieser Quälerei entkommen, holen sich die Halter ihre nächsten Opfer, es ist ein Teufelskreis.“

– „Es wird sich ändern, die Tierschutzorganisationen arbeiten hart dafür, die Regierung kann sich nicht ewig davor drücken. Auch bei den Touristen gibt es Änderungen, sogar bei den Einheimischen, noch nicht stark genug, aber sie kommen. Irgendwann werden sie die Touristen mit kleinen bunten E-Fahrzeugen transportieren, wie auf Golfplätzen, dort haben wir schon ein paar gesehen. Die Zukunft liegt nicht in der Tierquälerei, glaub mir Ralf.“

Astrid, die Frau von Ralf, kam mit einem Tablett und erfrischenden Getränken und mischte sich in die Diskussion ein.

– „Ich glaube es auch Ella, aber hier wird es länger dauern. Die Religion, die Tradition, die Armut und die Erziehung der Kinder wiegen zu schwer. Unseren Hund, Zampi, und unseren Kater, Shah, haben wir von der Straße gerettet. Jugendliche und Kinder waren dabei, Zampi zu steinigen, er war schon blutüberströmt, als wir ihnen den Hund entrissen haben. Und nur weil Ralf so gut Arabisch spricht, haben sie uns nicht angegriffen.“

Zampi lag zwischen seinen beiden Rettern, er schaute dankbar zu ihnen auf. Er sah aus wie der Namenlose, nur gut ernährt.

– „Und Shah ist überfahren worden, er lag am Straßenrand. Er hatte viele Frakturen, aber durch die Operation sind sie zum Glück gut verheilt, hinken wird er jedoch immer. Ich muss auch sagen, hier wird die Tierquälerei auf die Spitze getrieben, aber Europa ist auch nicht frei von Tierquälerei, es gibt auch dort viel zu tun.“

Der weiß- und sandfarbene Kater hörte aufmerksam zu, er sah mit seinen großen Ohren, der langen Nase und den hohen Wangenknochen aus wie die altägyptische Göttin Bastet. Die großen, hellgrünen Augen verstärkten die Ähnlichkeit mit seiner tausend Jahre alten Ahnin.

Am Abend dachte Ella immer noch an die Pferde der Pyramide, gemeinsam mit Simon hatte sie sich entschieden, wenigstens zwei von ihrem Schicksal zu befreien, nichtsdestotrotz waren sie sich einig, dass die Wahl nicht einfach sein würde. Eines von ihnen war am Ende, bis auf die Knochen abgemagert stand er vor einer Kutsche und atmete angestrengt. Er war zu krank, um eine lange Reise anzutreten, für ihn sollten sie eine andere Lösung finden. Astrid kannte eine Tierschützerin in Hurghada, die vielleicht die arme Seele übernehmen könnte.

Bevor sie die Pferde kauften, sollte ihre Unterkunft organisiert werden, wo sie ein paar Wochen in Sicherheit bleiben konnten.

– „Ralf, würdest du uns helfen, erstens mit diesen Leuten zu verhandeln und…"

– „… die Pferde unterzubringen! Es ist eine verrückte Idee, aber wir werden euch helfen. Lass mir ein bisschen Zeit, um zu telefonieren."

Ella und Simon verbrachten den Tag in Kairo, besuchten das ägyptische Museum und den Bazar Khan El Khalil, dann kehrten sie zu ihren Freunden zurück, sie hofften auf gute Nachrichten von Ralf und Astrid für ihr Projekt.

– „Also, ein Freund, der Landwirt ist, würde die Pferde übernehmen und sie pflegen bis sie die Reise nach Deutschland antreten. Natürlich nicht umsonst, aber die Pensionspreise bei euch und hier sind nicht vergleichbar. Ihr könnt sie locker bezahlen.“

– „Ein Bauer? Bist du dir sicher, dass er sich richtig um sie kümmern wird?“

– „Ja, Ella, Karim hatte früher Pferde, er ist ein guter Mann, der sich dem biologischen Gemüseanbau[7] widmet. Er hat auch viel Land und viel Platz, außerdem werden wir mit Astrid die Pferde besuchen…“

– „… Und die Dame in Hurghada hat zugesagt, obwohl sie eigentlich keinen Platz hat, aber es ist eine einmalige Möglichkeit, ihn zu retten, es wird sonst niemand mehr für ihn kommen.“

– „Wow! Das ging aber schnell!“

– „Moment mal! Die Pferde haben wir noch nicht!“

– „Hast du Zeit morgen mit uns zu kommen? Ich glaube am besten ist die Mittagszeit, es ist zu heiß für die Touristen, die Pferde und die Halter sind nicht unterwegs.“

– „Ok, morgen Früh habe ich einen Termin, aber danach können wir fahren.“

– „Astrid, wie wird das Pferd nach Hurghada transportiert?“

– „Die Dame ist gut vernetzt, jemand wird ihn abholen und dorthin bringen. Es ist schon weit weg von Kairo, aber eine andere Lösung haben wir nicht.“

Am nächsten Tag fuhr Ralf mit seinen Freunden nach Gizeh. Ella schaute nicht wieder alle Pferde an, sie hatte Schuldgefühle, weil sie und Simon nicht alle diese Tierskla-

---

7) In Ägypten gibt es mehrere biologische Gemüseanbauprojekte.

ven retten konnten. Der arme Klepper war gerade zurück, vier Touristen stiegen aus der Kutsche aus. Das Pferd war nassgeschwitzt, seine Beine zitterten, er schnappte nach Luft und war dem Kollaps nahe. Die drei Freunde gingen resolut zum Besitzer, der ihnen sofort eine Runde in seiner Kutsche anbot. Ralf lehnte auf Arabisch ab, was den Mann überraschte. Er sagte ihm, er möchte sein Pferd kaufen, aber der Ägypter lachte und wollte das Pferd nicht verkaufen. Ralf ließ nicht locker, fragte, wie viel Geld er wolle. Das Wort „Geld“ wirkte magisch auf ihn, er erinnerte sich, dass sein Pferd alt und krank war, viel Geld würde er selbst beim Metzger nicht mehr bekommen. Nach vielem Hin und Her und viel feilschen wurde der Kauf mit einem Handschlag besiegelt. Ella war schon bei dem Pferd, der Mann trennte ihn von der Kutsche, Kopf und Maul waren jetzt frei und sie sah seinen Körper, der von Wunden übersät war. Was sie bezahlten, hätte in Deutschland nur noch für einen vollen Einkaufswagen gereicht, für den Mann war es aber viel Geld, er schaute immer wieder auf die Scheine, die er schnell in seine Hosentasche einsteckte. Er sah den Fremden nach, die sich um sein Pferd kümmerten und meinte „Mabul[8]…“. Die anderen Halter hatten die Szene aus der Ferne beobachtet, alle hätten gern so ein gutes Geschäft gemacht, ob bald ein neues Opfer vor dieser Kutsche stehen würde, war nicht ausgeschlossen.

Simon hoffte, dass das Pferd den Transport zu Karim und dann nach Hurghada verkraftete, es war so schmutzig, man konnte nur mit Mühe erkennen, dass es ein Schimmel war. Tiefe Höhlen hatten sich über seinen tränenden und ausdrucklosen Augen gebildet, ohne Geschirr und nackt sah es wie ein Gerippe der Apokalypse aus, ein trostloses Bild. Ralf vertraute dem Mann nicht, der ihm angeboten hatte, das

---

8) Mabul = Verrückt auf Arabisch.

Pferd bis zum Transport zu behalten, er rief Karim an und bat ihn, mit dem Hänger nach Gizeh zu kommen. Ella führte das Pferd weg, das ohne die Last zwar besser gehen konnte, aber immer noch sehr mühsam lief. Mit ihm gingen sie dann zu Yussufs Zelt.

Ella dachte intuitiv, so einfach wie bei dem Kutscher würde es nicht werden. Tatsächlich war Yussuf nicht erpicht darauf, mit diesen Touristen zu sprechen, er fragte sich, was sie mit dem Klepper von Yasser machen wollten. Ralf grüßte ihn freundlich und er stand langsam mit mürrischem Gesicht auf, er wollte seine Pause in Ruhe verbringen. Ella schaute die Pferde wieder an, sie waren alle unterernährt, aber in Vergleich zu den anderen waren sie in besserem Zustand. Ralf erklärte ihm, dass sie Shahin und Halim kaufen wollten, Yussuf sah sie alle verächtlich an und antwortete:

– „Sie sind nicht zu verkaufen!“

– „Sag uns deinen Preis, zu dem du sie verkaufen würdest?“

– „Ich will sie nicht verkaufen, es sind gute Pferde. Wenn ich sie verkaufen würde, würde es sehr viel für den Fuchs und für den Schimmel kosten.“

Der listige Mann hatte den Preis, den er für Shahin bezahlt hatte, verdreifacht. Ralf übersetzte für seine Freunde. Für diesen Preis hätte man in Deutschland nicht einmal ein Schlachtpferd bekommen! Ralf sagte, sie sollten nicht schnell und sofort den Preis akzeptieren.

– „Es ist teuer für Touristenpferde…“

– „Ich habe dir gesagt, ich habe nicht vor sie zu verkaufen, komm morgen Mittag wieder, ich werde überlegen.“

– „Einverstanden, wir kommen morgen wieder.“

Karim war inzwischen mit dem Hänger da, das Pferd stieg widerstandlos ein.

– „Was willst du mit ihm machen? Zum Metzger bringen?"

– „Nein mein Freund, er wird nicht geschlachtet, auch deine Pferde würden nicht geschlachtet werden, alle bekommen ihr Recht auf ein schönes Leben zurück."

– „Es sind nur Tiere, sie haben keine Rechte!"

– „Für dich nicht, für uns schon, bis morgen!"

Ella und Simon wünschten sich, ihr neuerworbenes Pferd zu begleiten und fuhren mit Karim. Die Fahrt dauerte nicht lang und das Pferd stieg aus, Karim brachte ihn und seine neuen Besitzer zu einem riesigen Paddock mit feinem Sand und einem großen Unterstand, wo sich ein Esel ausruhte.

– „Es ist Selim, er hat meinem Vater gehört. Als er gestorben ist, habe ich ihn behalten, ich kenne ihn seit so langer Zeit, er ist sehr alt, aber es geht ihm gut."

Um den Hof waren Felder mit unterschiedlichen Pflanzen bestellt, alles war sehr gepflegt. Karim sprach auch gut Deutsch, weil er Bioagrarwirtschaft in Deutschland studiert hatte.

– „Wir sollten ihm einen Namen geben", sagte Simon.

– „Wie wäre es mit „Kairo"? Ich weiß, es ist nicht sehr originell, aber warum nicht? Karim, wo gibt es Wasser, bitte? Er ist völlig dehydriert."

– „Komm, wir haben einen Brunnen, er soll aber langsam trinken."

– „Ja, klar. Vielleicht kann ich auch seine Verletzungen mit einem Schwamm reinigen, wenn du einen hast?"

Kairo war mehr als schmutzig, hatte deformierte Hufe und Wunden an den Stellen, an denen das harte Geschirr ihm die Haut aufgerieben hatte. Er trank langsam unter der Kontrolle von Simon, während Ella sehr vorsichtig die Wunden wusch. Aus ihrer Tasche holte sie eine Tinktur hervor, tupfte sie sanft auf die wunden Stellen und schob ein paar Globulis in sein Maul. Karim brachte ihm eine Handvoll frischer Luzerne, die Kairo mit Appetit langsam fraß. Vorher hatte sie seine Zähne angeschaut und sagte laut:

– „Er ist nicht einmal so alt, wie er aussieht!"

– „Wie alt schätzt du ihn?"

– „Zehn Jahre, höchstens zwölf. Er braucht einen Schmied, in dem Zustand kann er nicht nach Hurghada reisen."

– „Ich rufe den Schmied an, den ich für Selim habe. Ich hoffe, er kommt schnell her, Ella, hier ist es nicht wie in Deutschland!"

– „Übrigens, Karim, wir sollten über die Pensionskosten sprechen, aber wir wissen noch nicht, ob der Typ uns seine Pferde verkauft. Sag mir, was du für Kairo bekommst."

Kairo hatte wieder ein bisschen gefressen, er war munter und überhaupt dankbar. Niemand zuvor war so nett zu ihm gewesen. Seit er geboren wurde, kannte er nur Schläge und Hunger. Er hoffte, diese lieben Menschen würden noch eine Weile bei ihm bleiben, nachdem sie ihn in den Unterstand zu Selim geführt hatten.

– „So jung und schon so ein miserables Leben!"

– „Ella, er ist schon seit Langem in Gizeh im Einsatz, die Typen kaufen den Bauern meistens die überflüssigen Hengste ab, manchmal bekommen sie sie auch von Pferdehändlern in Kairo. Er zieht die Kutsche seit er zwei oder drei ist, sie kontrollieren die Pferde mit Gewalt und Futterentzug. Wenn sie zu erschöpft sind, werden sie geschlachtet und die Halter holen das nächste. Ganz ehrlich, nach einer so langen Misshandlung, hoffe ich, er überlebt…"

– „Es liegt in Gottes Händen, Karim…"

Dann stiegen sie ins Auto und fuhren los.

Der Verkauf

Yussuf war ganz aufgeregt, als er mit seinen Pferden nach Hause ritt. Den ganzen Tag hatte er über die Fremden und ihr Angebot nachgedacht. Jetzt musste er unbedingt noch heute Abend mit Salah sprechen, er ließ schnell die Pferde auf den Paddock, überlegte noch, ob er sie füttern sollte, wenn er sie verkaufte. Shahin und Halim weniger geben und den anderen mehr, so dachte er und machte es so. Shahin wieherte empört vor der leeren Wanne, die Yussuf hektisch füllte. Er sagte Fatima, dass er sofort zu Salah gehen müsse und machte sich schnell auf den Weg zu seinem Freund, der, Allah sei Dank, Zuhause war.

– „Ich muss mit dir sprechen, Salah!"

Und Yussuf erzählte ihm, was am Mittag passiert war.

– „Du hast nach dem dreifachen Preis von Shahin und Halim gefragt? Wahnsinn! Haben sie akzeptiert?"

– „Ich weiß nicht! Sie kommen morgen wieder, eigentlich habe ich keine Lust, die beiden zu verkaufen."

– „Bist du verrückt? Kein Mensch wird dir so viel Geld für diese Gäule zahlen! Das ist eine einmalige Gelegenheit, die sich dir hier bietet!"

– „Ja, und dann habe ich nur noch drei Pferde, mit drei verdiene ich nicht genug und seitdem ich Shahin habe, läuft es gut.“

– „Dann verkauf alle fünf!“

– „Spinnst du?“

– „Nein, Yussuf, ich bin Realist, es ist nur eine Frage der Zeit, bis die Regierung die Pyramidentouren mit Pferden oder Kamelen verbieten wird und dann sind deine Gäule fertig, niemand wird für sie so viel ausgeben, auch Ahmed nicht.“

– „Ahmed am wenigsten!“

– „Ali hat eine Stelle als Gärtner in dem Luxushotel für dich, nimm sie an! Hör mit den Ausritten auf und sag den Fremden, entweder alle fünf oder keines, wenn sie einverstanden sind, bekommst du eine Menge Geld!“

– „Und wenn sie ablehnen?“

– „Wetten, dass sie zustimmen? Sie haben den alten Klepper von Yasser gekauft, sie sind verrückt!“

– „Verrückt sind sie schon, stell dir vor, der, der Arabisch spricht, hat mir gesagt, die Tiere hätten Rechte, so wie wir!“

– „Sie sind wirklich nicht ganz dicht, dann werden sie bestimmt ja sagen. Ruf Ali an, du sollst sicher sein, dass du schnell im Hotel anfangen kannst, nimm mein Handy.“

Yussuf sprach mit seinem Cousin, der ihm versicherte, er könne sogar ab morgen kommen.

– „Es fällt mir schwer meine gewohnte Lebensweise aufzugeben, Salah, ich war immer ein freier Mann mit meinen Pferden. Niemand hat mich herumkommandiert.“

– „Naja, so frei auch nicht, sondern abhängig von den Reiseführern und den Touristen. Schau, ich war in derselben Situation wie du und seitdem ich keine Pferde mehr habe, geht es mir und meiner Familie besser. Unsere Frauen unterhalten sich, deine Fatima hat die Nase voll von den Pferden, dein Ältester will studieren und keines von unseren Kindern will ein Leben führen wie wir, Yussuf. Es ist vorbei, sie wollen sogar keine Galabeya mehr tragen."

– „Du hast Recht, aber irgendwie werden unsere Kinder fremdgesteuert, seit mein Ältester ein Handy hat, hat er nur noch die Nase in dieser Box."

– „Ich verstehe dich, es ist mir auch schwergefallen, meine Pferde zu Daoud zu bringen und ich weiß nicht einmal, was mit ihnen passiert ist. Was meine Kinder anbelangt, sie sind genauso wie deine. Deshalb, glaub mir, jetzt oder nie!"

Yussuf kehrte zurück nach Hause, erzählte aber seiner Frau noch nichts. Er ging zu seinen Pferden und sah sie an. Shahin wirkte nach nur drei Monaten als Touristenpferd stark gealtert, Naseer sah schon aus, als ob er am Ende wäre, lange würde er nicht mehr durchhalten. Obwohl er nur acht Jahre alt war, würde er ihn bald austauschen müssen, denn irgendwann würde er nicht mehr aufstehen können. Es war ihm klar, dass der Job die Pferde schnell erschöpfte, die Kutscher konnten den schlechten Zustand ihrer Pferde mit Decken und Geschirr verstecken, aber die Körper der Reitpferde zeigten offen ihre Misshandlung, die Touristen waren wählerisch geworden, deshalb brachten die Reiseführer sie zu ihm, denn seine Pferde waren in relativ gutem Zustand. Er dachte an seinen Urgroßvater, der noch als Beduine in der Wüste mit seiner Familie gelebt hatte und niemals Fremden seine Pferde zum Reiten gegeben hätte, aber das war lange her… Er seufzte und ging ins Haus.

Die Pferde waren genauso aufgeregt wie Yussuf, alle hatten das Gespräch zwischen ihm und den Fremden angehört.

– „Ihr Glückpilze!“ sagte Naseer, „ihr werdet uns bald verlassen und wir werden bis zum Tod für diesen Idioten arbeiten müssen.“

– „Naseer, es ist noch nicht abgemacht“, antwortete Halim.

– „Wir werden sehen, aber ich glaube schon.“

Durch das karge Futter verbreitete sich die Müdigkeit schnell, die Pferde legten sich alle hin und dösten.

– „Shahinnn!“

Im Kopf von Shahin erklang die Grabesstimme der Pyramide.

– „Du bist da, es ist gut, heute ist viel passiert!“ antwortete das Pferd.

– „Jaaa… ich weiß, heute war ein guter Tag für die Pferde.“

– „Sag mal, werden die Fremden uns befreien?“

– „Jaaa… Ihr werdet alle befreit, nicht nur Halim und du.“

– „Wirklich?“

– „Wirklich, Shahin, ich wusste eine lange Zeit vorher, dass sie kommen würden.“

– „Und das arme Kutschpferd wird es überleben?“

– „Jaaa… es wird noch eine schöne Zeit haben, mit viel Liebe, es ist aber sehr schwach, aber die Liebe wird es retten.“

– „Wenn man es sieht, dann haben wir es noch schön mit Yussuf.“

– „Neinnn… Shahin, die Schwingung der Pferde ist reine

Liebe, was Yussuf und die anderen mit euch machen ist ein Verbrechen gegen die göttliche Ordnung. Keine Kreatur hat so ein trostloses Leben verdient. Ich habe so viel schlimme Sachen von den Menschen gesehen, sie respektieren nichts, nicht einmal mich oder meinen Freund, die Sphinx, die sie vor langer Zeit mit Kanonen[9] beschossen haben und dazu lachten, seitdem ist sie stumm. Sie vertiefen sich mit Genuss in ihre Barbarei, verachten das Leben und seinen Sinn. Es ändert sich langsam, Shahin, sehr langsam, diesen Fremden gehört die Zukunft."

– „Wenn wir weg sind, werden wir dich nicht mehr hören können?"

– „Dochhh… am Anfang nicht, aber irgendwann wieder, die universale Geometrie des Lichtes wird ihren Weg finden. Jetzt ruh dich aus, Shahin, morgen wird ein schöner Tag…"

Und die Grabesstimme verstummte.

Die Befreiung

Die Pferde hatten schon drei Touren gemacht, die Sonne brannte stark. Yussuf hatte sich in sein Zelt zurückgezogen, er wartete gespannt auf die Fremden. Er hatte eine schlechte Nacht hinter sich, Fatima hatte geschimpft, weil er sich so viel im Bett umhergerollt hatte, in den Morgenstunden hatte er sich entschieden: Er verkaufte die Pferde. Salah hatte Recht, es hatte keinen Sinn mehr. Mittag war vorbei und die Fremden waren noch nicht erschienen, vielleicht hatten sie es sich anders überlegt und würden nicht mehr kommen. Die drei Freunde waren aber noch bei Karim, Kairo war nach dem Besuch des Schmieds zusammengebrochen, glücklicherwei-

9) Die Mameluken von Napoleon I haben auf die Sphinx und die große Pyramide mit Kanonen geschossen.

se auf dem Sandpaddock.

– „Es war zu viel für ihn, er braucht jetzt Ruhe. Ich rufe Astrid an, so schnell wird er den Transport nicht schaffen, sie soll der Dame aus Hurghada Bescheid sagen.“

Ella ging zu Kairo, streichelte ihn, sprach leise mit ihm, das Pferd war nur ein Schatten seiner selbst und zitterte, aber es spürte die Liebe der Frau. Kairo hatte nur Demütigungen in seinem Leben gekannt, das Gefühl geliebt zu werden, breitete sich in seinem geschundenen Körper und verlieh ihm neue Kraft. Er wollte leben, nicht jetzt sterben, er war aber nah dran. Ella gab ihm noch Globulis, sie hatte ihn vorher wieder gewaschen, die Wunden sahen schon besser aus, befreit von Schmutz war das Fell von Kairo jetzt schneeweiß.

– „Wir sollten fahren, Ella, sonst wird es zu spät“ sagte Simon.

– „Macht euch keine Sorgen“ sagte Karim, „Ich kümmere mich um ihn.“

Bald trafen sie bei Yussufs Zelt ein. Die fünf Pferde standen angebunden in der prallen Sonne, Ralf grüßte den Mann.

– „Also, hast du es dir überlegt?“

– „Ja, habe ich. Ich verkaufe alle fünf oder keines.“

– „Was???“

Ralf drehte sich zu Ella und Simon um und übersetzte für sie.

– „Jetzt spinnt er richtig!“

– „Keine Panik, eigentlich wäre es nicht schlecht. Die Einzigen, die noch einigermaßen in Ordnung sind, sind der Fuchs, der Schimmel und der kleine Braune. Der große Schimmel ist bald völlig erschöpft, der große Braune genauso. Simon, meine gute Freundin Vicki wird den kleinen Braunen nehmen, für die zwei großen werde ich eine Lösung finden, ich bin mir sicher, wir können es uns leisten, sie zu kaufen."

Yussuf verstand kein Deutsch, bemerkte aber, wie animiert die Fremden diskutierten.

– „Frag ihn, ob er neue Pferde holt, wenn die da weg sind."

– „Möchtest du neue Pferde kaufen?"

– „Nein, ich höre auf. Die Tierschützer haben uns das Leben schwer gemacht, es wird nicht mehr besser."

Ralf übersetzte für Simon und Ella.

– „Er kann auch lügen und in einer Woche mit neuen Sklaven wieder da sein…"

– „Frag ihn bitte nach seinem Preis."

Ralf bereitete sich auf eine lange Verhandlung vor, es würde nicht leicht werden. Für Shahin und Halim wollte er denselben Preis wie gestern, Ralf handelte so vehement, bis er den Preis senken konnte, zwar nicht viel, aber immerhin ein wenig. Bei den drei anderen Pferden war nur der kleine Braune fast so teuer wie Halim, Yussuf versuchte Naseer und Gharib so teuer wie möglich zu verkaufen, scheiterte aber an der Tatsache, dass die beiden sichtbar mehr gelitten hatten. Was er bekam, würde er bei Daoud oder Ahmed niemals kriegen. Für ihn war es ein gigantisches Geschäft, für die drei Freunde ein Sieg über das Elend. Es wurde vereinbart, dass die Pferde noch heute abtransportiert werden würden, Yussuf wollte wissen, wohin seine Pferde gingen, aber Ralf verriet es ihm nicht.

– „Ich will das Geld noch heute."

– „Kriegst du, es ist viel Geld, meine Freunde müssen jetzt zur Bank gehen."

– „Wenn ihr nach zwei Stunden nicht da seid, ist das Geschäft geplatzt."

– „Wir kommen wieder, keine Sorge."

Ralf fühlte die Aggressivität in der Stimme des Halters, auf dem Weg zur Bank rief er Karim an, erzählte ihm von dem Kauf der fünf Pferde und ob er sie aufnehmen könnte. Karim war nicht begeistert, versprach aber, sie abzuholen und bei ihm unterzubringen. Er hoffte nur, dass ihr Zustand besser als der von Kairo wäre.

– „Gut, mach dich auf den Weg, wir treffen uns dort."

Karim wusste, dass die Deutschen anders mit Tieren umgingen als die Ägypter, aber diese waren etwas seltsamer. Sie hatten sich sehr für seinen Anbau interessiert und ihm erzählt, sie würden keine Tiere essen, auch keine Fische, keine Eier und Milchprodukte. In Deutschland hatte er schon von den Veganern gehört, auch im Internet darüber gelesen, es kam ihm trotzdem merkwürdig vor. Trotz ihrer ungewöhnlichen Lebensweise war das Paar ihm sympathisch und außerdem brachte es ihm Geld, die Pferde vorübergehend aufzunehmen.

Eine Stunde später waren Ralf, Ella und Simon zurück bei Yussufs Zelt. Karim traf kurz darauf mit dem Hänger ein. Es ging schnell, Shahin und Halim stiegen sofort ein, Ella fuhr mit Karim, während Ralf und Simon mit den anderen Pferden zurückblieben. Es fiel Yussuf schwer, Shahin zu verlieren. Obwohl sein Name auf Arabisch „Falke" bedeutete, hatte Shahin nicht viel mit dem schnellen Greifvogel gemeinsam, lange hätte er nicht durchgehalten, es war besser so. Dann folgten Sharif und Gharib, Naseer war der Letzte, er bekam Angst, weil er noch da war und seine Freunde verschwunden waren, aber die Fremden blieben bei ihm, was ihn beruhigte. Endlich war es so weit, er stieg schnell in den Hänger ein und kurz danach war er im Paradies.

Yussuf stand jetzt vor fünf alten Sätteln und Trensen, die Fremden wollten sie nicht. Er fühlte sich komisch, es war alles so schnell gegangen, er war wie ein halber Mensch ohne die Pferde. Tief in Gedanken versunken, bemerkte er plötzlich den Minibus, der vor seinem Zelt bremste. Der Reiseführer war erstaunt, fragte ihn, wo die Pferde seien, er brachte die Kunden, wie vereinbart.

– „Geh zu den anderen, ich habe meine Pferde verkauft, ich höre auf."

Der Reiseführer war wütend, er wusste, Yussuf hatte die besten Tiere, seine Kunden würden niemals auf den armen Kleppern reiten wollen. Naja, die Touristen würden ein anderes Programm verkraften… ohne das Reiten.

Ali sollte später Yussuf abholen, der nicht zu Fuß mit seinen Armseligkeiten nach Hause konnte. Plötzlich erschienen die anderen Halter, gratulierten ihm und fragten, wann er die nächsten Pferde holte.

– „Ich höre auf, ich hole keine mehr!"

– „Dann hast du viel Geld bekommen!"

– „Ich brauche die Sättel und Trensen nicht mehr, ihr könnt sie billig kaufen."

Im Nu waren die Sättel und Trensen mit Pompons weg, der zerrisse Unterstand gleich mit, nur die Pfosten und der Pferdemist erinnerten ihn daran, dass er noch vor ein paar Stunden Pferde besessen hatte. Er besaß jetzt viel Geld und morgen Früh würde er mit Ali zum Luxushotel fahren, wo er als Gärtner anfing. Yussuf fühlte dennoch Verbitterung in sich aufsteigen.

Jetzt standen Yussufs Pferde auf einem großen Paddock mit Kairo und Selim. Kairo ging es besser, wenn auch noch nicht gut, die Ankunft der anderen Pferde hatte ihn glücklich gemacht, auch Selim freute sich auf den Trubel und die Gesellschaft. Karim brachte ihnen Luzerne, so viel wie sie noch nie gesehen hatten, sie brummten, wieherten vor Freude. Keiner von ihnen drängelte, sie warteten brav in einer Reihe, wie sie es bei Yussuf gelernt hatten. Es war ein schöner Anblick für die drei Freunde, diese Tiersklaven frei und glücklich zu sehen...

Ella und Simon sollten noch eine Woche bleiben, es wurde vereinbart, dass sie sich um die Pferde kümmerten, mit der Hilfe von Ralf und Astrid konnten sie in der Zwischenzeit die Papiere mit der Behörde für den Transport von Shahin, Halim und Sharif vorbereiten, es würde aber ein paar Wochen dauern, bis sie nach Deutschland fliegen könnten.

Außer Unterernährung und Schürfwunden durch die Sättel hatte der Tierarzt keine gravierenden Probleme bei den fünf Pferden gefunden, anders war es bei Kairo, er hatte ein Emphysem[10], er sah trotzdem gute Chancen darin, dass Kairo mit viel Ruhe und guter Pflege seine Reise nach Hurghada in zwei Wochen antreten könnte. Die erste Nacht in ihrem neuen Zuhause war für die Pferde himmlisch, sie hatten zum ersten Mal genug zu fressen, lagen auf dem weichen Sandboden, Kairo hatte es sogar gewagt, sich hinzulegen. Shahin war am Einschlafen, als die Grabesstimme der Pyramide in seinem Kopf erschallte.

– „Shahinnn...!“

Die Stimme war leicht entfernt, aber gut verständlich.

---

10) Ein Emphysem ist eine Pferdekrankheit, die Atmungsprobleme durch kaputtes Lungengewebe versursacht.

– „Ja, ich höre dich, ich bin aber nicht mehr in deiner Nähe.“

– „Es… ist so schön für euch alle, ich hatte dir gesagt, du sollst Geduld haben, alles wird gut…“

– „Ja, es ist so schön hier, endlich nette Menschen…“

– „Es wartet noch eine große Reise auf dich, Halim und Sharif, ihr werdet weit weg von hier reisen.“

– „Es ist schön hier, wir brauchen nicht woanders hinzugehen!“

– „Wo ihr hingeht, wird es noch schöner für euch sein, viel Liebe wartet auf euch.“

– „Und Gharib und Naseer?“

– „Sie werden hierbleiben, werden aber auch viel Liebe bekommen.“

– „Du weißt, ich mochte den Namenlosen so gern, was wird mit ihm passieren, wird er auch von lieben Menschen aufgenommen werden?“

– „Neinnn… Shahin, der Namenlose bleibt hier, mach dir keine Sorgen, ich werde auf ihn aufpassen… Gute… Nacht…“

– „Gute Nacht, komm wieder…“

In der Nacht ging der Namenlose zum Haus von Yussuf. Erstaunt schaute er den leeren Paddock an, alle Pferde waren verschwunden, nur die alte Badewanne und der Pferdemist erinnerten an ihre frühere Anwesenheit. Eine tiefe Traurigkeit überfiel den Hund, er blickte in die Richtung des Hauses des Metzgers. Plötzlich erklang die Stimme der Pyramide.

– „Namenloser…. nicht traurig sein, sie sind am Leben, sie werden jetzt glücklich sein, der Metzger hat sie nicht getötet."

Der Hund setzte sich hin und hörte aufmerksam zu.

– „Dann ist es gut, ich freue mich für sie. Ich werde sie aber sehr vermissen… Es werden bald neue Pferde kommen."

– „Neiiiin… hier werden nie wieder Sklaven leben."

– „Das ist doch wunderbar! Bist du dir auch sicher? Gott schütze sie…"

– „Jaaa… Namenloser… ganz sicher… Gute Nacht…"

Der magere Hund entfernte sich, er fühlte sich verlassen. Shahin hatte das Herz von Ella erobert, schon nach einer Woche mit gutem Futter und Pflege, zeigte sich der Fuchs in seiner vollen Schönheit. Mit Simon hatte sie alle Pferde gewaschen, die Wunden versorgt, nach und nach erholten sich die geschundenen Körper und Seelen. Zur Überraschung aller baute Kairo kräftig auf, er atmete besser und strahlte vor Glück. Plötzlich waren die lieben Menschen weg, es blieben nur Karim und Ralf mit Astrid zurück. Karim hatte seinen Rhythmus mit den Pferden gefunden, obwohl er seine Zweifel an dieser Rettung hatte, fand er ihre Gesellschaft nach einer Weile schön und bereichernd. Am Anfang hatte er nur das leichtverdiente Geld gesehen, jetzt kümmerte er sich gern um die Pferde. Kairo war jetzt in Hurghada, die Dame schickte regelmäßig Fotos, das Pferd sah gut und glücklich aus, was ihn und seine Retter sehr freute.

Bald verließen drei von seinen Schützlingen den Hof, mit einem Freund und Ralf hatte er die Pferde zum Flughafen gebracht und geholfen, sie ins Flugzeug zu verladen. Karim sah mit schwerem Herz die Maschine abheben, obwohl er wusste, ein schönes Leben wartete auf sie.

Noch lang nach ihrer Ankunft in ihrer neuen Heimat dachten die drei Pferde an ihre Freunde, die nicht mit ihnen gereist waren. Die Pyramide hatte Shahin gesagt, es würde für sie alle gut ausgehen, trotzdem machte er sich Sorgen. Ella und Simon suchten gute Plätze für Gharib und Naseer, die Fotos von ihnen, die Karim schickte, zeigten wie sie sich prächtig entwickelt hatten und sie waren wunderschön geworden. Trotzdem erwies es sich schwierig, ehemalige Touristenpferde aus Gizeh zu vermitteln… Jetzt war ihre Rettung neun Monate her und die beiden standen immer noch bei Karim, wo es ihnen gut ging. Karim mochte Naseer und Naseer mochte ihn, wenn Ralf die Pferde besuchte, kam Gharib freudig zu ihm. Es war den Männern nicht entgangen, wie die Pferde in die Charmeoffensive gingen.

– „Ralf, glaubst du, dass Ella und Simon mir Naseer verkaufen würden?"

– „Ich frage sie. Und Gharib?"

– „Gharib? Den kriegst du!"

Die Männer lachten, aber auf dem Weg nach Hause dachte Ralf über den Witz von Karim nach, der keiner war. Ralf hatte in Deutschland lang ein Pferd gehabt, Astrid hatte seine Stute auch geritten, eigentlich war es eine gute Idee, Gharib zu nehmen. Er mochte ihn und konnte sich vorstellen, schöne Ausritte mit ihm zu machen. Am Abend besprach er seine Pläne mit seiner Frau und schickte eine E-Mail nach Deutschland.

– „Ella! Ralf und Karim möchten Gharib und Naseer kaufen!"

– „Schön! Was machen wir? Verschenken wir sie?"

– „Nein, was nichts kostet, hat keinen Wert. Astrid und Ralf können wir Gharib schenken, wir wissen, sie werden ihn niemals weiterverkaufen, aber Karim kennen wir ihn nicht lang genug, Naseer ist jetzt ein wunderschönes Pferd, ein Schutzvertrag muss es sein."

– „Du hast Recht, Simon."

So blieben die beiden Pferde zusammen bei Selim und genossen ein schönes Leben. Karim ritt Naseer ohne Sattel und mochte es, seine Felder von seinem Rücken anzuschauen, Naseer liebte es, schnell zu galoppieren, besonders wenn Ralf mit Gharib dabei war.

Shahin hatte von dem Glück seiner Freunde durch das Gespräch seiner Menschen erfahren und freute sich sehr für sie. Die Pyramide hatte Recht gehabt, wie immer... Er hatte mehrmals versucht, den Kontakt mit ihr herzustellen, in seinem Kopf war es still geblieben. Schade. Den Pferden fehlte nichts, so ein großartiges Leben hätten sie sich in ihren schönsten Träumen nie vorstellen können, als sie auf dem steinigen Boden von Gizeh malochen mussten. Dennoch vermisste Shahin das Licht in den Morgenstunden auf der Pyramide und den Hund, den Namenlosen.

Es war Winter und kalt in seiner neuen Heimat, aber mollig warm unter seiner Decke. Shahin war zum ersten Mal im Schnee galoppiert, jetzt am Abend genoss er die Ruhe und döste vor sich hin, als plötzlich die schwache, entfernte Grabesstimme in seinem Kopf erklang.

– „Shahinnn...!"

DER OSTERBRATEN IST ABGEHAUEN

Endlich wurde es langsam Frühling. Die Sonne wärmte an diesem Morgen schon die große Wiese, wo die Norikerstute[1] Sidonie mit Caspard dem Kater auf ihrem Rücken am Dösen war. Das Gras war leicht braun und nass, aber hier und da waren schon die ersten Tausendmalschön zu sehen, die schüchtern ihre Köpfchen zeigten, einfach ein herrlicher Tag. Caspard, der rote Kater, fand es bequem und schön angenehm, die breite Kruppe der Stute als Sofa zu benutzen und konnte von dieser erhöhten Position aus weit und breit alles beobachten, nichts konnte ihm entgehen…

Sidonie seufzte entspannt, genoss die Ruhe mit halbgeschlossenen Augen, als der plötzliche Schrei von Caspard sie erschreckte.

– „Sidonie! Wach auf!“

– „Was? Was hast du denn Caspard, kannst du nicht endlich ruhig auf meinem Rücken liegen, statt mir auf der Kruppe zu trampeln?“

– „Ich trample nicht. Ich habe etwas gesehen!“

– „Du siehst aber immer etwas… jeden Tag… jede Minute…“

– „Sidonie, hör auf! Ich habe etwas gesehen, da liegt etwas auf dem Boden, komm, wir müssen gucken. Los!“

– „Schon gut…“

– „Du folgst mir!“

Caspard sprang runter und lief schnell voran, mit Sidonie im Trab hinter ihm her. Die Wiese war sehr groß und nach

1) Kaltblutpferderasse aus Österreich.

hundert Metern stoppten die beiden Tiere. Auf dem nassen Gras lag ein weißes Fell auf der Seite. Caspard und Sidonie kamen langsam näher.

– „Oh Gott! Ein Lämmchen!“, schrien die beiden zusammen.

– „Lebt es noch?“, fragte die Stute und beugte ihren großen Kopf über den bewegungslosen, kleinen Körper, während der Kater mit seiner Pfote vorsichtig das Lämmchen berührte.

– „Ja, es lebt noch, aber nicht mehr lang, wenn es da bleibt. Du galoppierst wie ein Rennpferd zum Stall.“

– „Rennpferd, Rennpferd… halt dich fest, Kater, ich kann auch schnell sein!“

Caspard sprang schnell auf den Rücken von Sidonie und krallte sich in der dichten Mähne seiner Freundin fest, der Boden bebte unter den Hufen der Kaltblutstute, der Kater drückte sich flach auf den Widerrist. Sidonie bremste abrupt vor dem Zaun und Caspard landete auf ihrem Hals.

– „Kannst du nicht sanfter bremsen???“

– „Nö, ich bin doch ein Rennpferd…“

– „Wo sind Marie und Oliver?“

– „Warte, du suchst sie und ich randaliere am Zaun.“

Caspard schaute sich auf dem Hof um, während Sidonie hin und her trabte und laut wieherte. Er entdeckte Marie, die in der Box von Madame Louise, der Zwergsau, ausmistete.

– „Na, Caspard, bist du nicht auf der Wiese mit Sidonie?“

Caspard miaute laut, rieb sich an Maries Beinen und sprang weg, als sie versuchte, ihn zu streicheln, und schrie ganz kräftig.

– „Was ist los, Katerle?“

Der Kater lief weg, Marie folgte ihm und sah die aufgeregte Sidonie am Zaun. Caspard war schon auf den Pfosten gesprungen.

– „Was ist los mit euch?“

Caspard verlor langsam die Nerven:

– „Meine Güte, sind die Menschen langsam!“ und er schrie noch lauter: „Komm mit uns Marie! Schnell!“

Sidonie warf den Kopf hoch in Richtung der Koppel und wurde genauso laut wie der Kater.

– „Ich glaube, es stimmt etwas nicht…“

Marie stieg vom Zaun auf Sidonies Rücken, Caspard rannte los und Sidonie folgte mit Marie im Galopp. Als Sidonie mit Marie anhielt, war Caspard schon beim Lämmchen. Marie stieg ab und sah ihn.

– „Oh Gott! Ein Lamm…“

Marie nahm den Kleinen in ihre Arme und wickelte ihn in ihre Jacke: „Er ist so kalt, ich hoffe, er überlebt…“

– „Wir auch!“, schrien Sidonie und Caspard zusammen.

Marie lief mit dem Lamm und den beiden Tieren schnell zurück zum Hof. Sie trug das Lamm in die Box mit frisch eingestreutem Stroh von Sidonie und holte eine Decke.

– „Sidonie, Caspard, ihr bleibt bei ihm.“

– „Oh, Mei, diese Menschen, was denken sie denn, natürlich bleiben wir bei ihm…“

– „Sei doch nicht böse Caspard, Marie ist toll und kann

nichts dafür, dass sie ein Mensch ist. Sie hat dich auch gerettet, vergiss das bitte nicht!“

– „Ich vergesse es niemals, aber…“

– „Tatata, nicht aber, Schluss mit deiner Philosophiestunde und wir gucken nach dem Kleinen.“

Das Lamm atmete leise und zitterte, die beiden schauten sich an. Marie war zurück mit Decke, Handtuch, Wärmflasche und Globulifläschchen. Sie rieb sanft eine Zeit lang das weiße Fell, schob vorsichtig ein paar Kügelchen zwischen seine Lippen und rollte ihn in die Decke mit der Wärmflasche darauf ein. Langsam hörte das Lämmchen auf zu zittern, seine Atmung wurde besser und es öffnete kurz die Augen, war aber sehr schwach. Marie ging zu Oliver ins Haus und erzählte ihm, was im Stall los war.

– „Wir brauchen Schafsmilch, wir können ihm keine Hafermilch geben, leider. Könntest du bitte schnell zum Biomarkt fahren und welche holen?“

– „Ja, mache ich, aber wie kommt dieses Baby auf unsere Wiese?“

– „Ich weiß es nicht. Es gibt doch diesen komischen Schäfer, aber er ist weit weg von uns.“

– „Eigentlich ist es egal, Hauptsache, es überlebt. Ich fahre los. Mensch! Marie, solltest du nicht Hendrik heute aus der Pferdeklinik abholen?“

– „Doch, mache ich am Nachmittag, Hendrik geht es wieder gut, dem Lämmchen, naja… mal sehen.“

Im Stall bewachten Sidonie und Caspard das Lämmchen weiter und versuchten, mit ihm zu sprechen.

– „Lämmchen, hörst du mich?“ flüsterte Sidonie. Das Lamm blieb aber still.

– „Lass mich es versuchen, vielleicht hat es Angst von dir.“

– „Warum sollte es Angst vor mir haben und nicht vor dir, rot wie du bist, siehst du aus wie ein Fuchs.“

– „Unser Fuchs ist doch nett…“

– „Erzähl das einem Lamm, das unseren Fuchs nicht kennt.“

– „Also, ich probiere es. Lämmchen, Lämmchen, ich bin Caspard der rote Kater und das ist Sidonie, wir sind deine Freunde, hier passiert dir nur etwas Gutes.“

Dann blinzelte das Lamm mit seinen Augen und hob den Kopf.

– „Tja, Sidonie, Katzen sind magische Wesen…“

– „Bähhh! Wo bin ich denn?“

– „Mein Kleiner, du bist im Stall von Marie und Oliver, alles ist gut. Wie heißt du?“

– „Ich bin so müde… ich heiße Luni. Und du?“

– „Ich bin Sidonie und das ist Caspard.“

Inzwischen kam Marie zurück und sah, dass es dem Lämmchen besser ging. Sie streichelte seinen Kopf und das Lamm schaute sie dankbar an.

– „Ich glaube, du wirst bei uns bleiben, deshalb brauchst du einen Namen, lass mich überlegen…“

– „Bähhh! Ich heiße Luni.“

– „Vergiss es, Luni,“ sagte Caspard, „Menschen verstehen uns nicht, wenn wir mit ihnen reden.“

– „Ach, so?“

– „Sie sind nicht wirklich dumm, nur…“

– „Caspard! Hör auf, er ist noch schwach, du verwirrst ihn!“

– „So, kleines Lämmchen, ich denke, Otto wäre ein schöner Name für dich.“

– „Ich heiße Luni!“ protestierte das Lamm.

– „Ach! Ist doch egal“ lachte Sidonie, „Wir sagen Luni zu dir und Marie und Oliver sagen Otto und alle sind glücklich.“

– „Gut, ok.“

Oliver kam mit der Flasche voll mit warmer Milch und gab sie Marie, die ihm einen Kuss gab.

– „Ist schon warm, super! Otto, jetzt kommt etwas Schönes.“

Ganz vorsichtig schob Marie den Nuckel in Luni-Ottos Mund und der Kleine fing an zu trinken. Nach einer Weile war die Flasche leer, das Lamm war satt und zufrieden. Marie ließ Luni unter der Obhut von Sidonie und Caspard und fuhr zur Pferdeklinik.

Durch den Spalt der Stalltür marschierten plötzlich Madame Louise die Zwergsau, Radames der Hahn mit den Hühner Aida und Ty herein. Alle Tiere des Hofes wollten wissen, was im Pferdestall los war. Sie ahnten schon, dass ein neuer Bewohner eingetroffen war. Radames und die Hühner flogen plump aber sicher auf die Kante der Boxentür, während Madame Louise es sich in der Box von Hendrik bequem machte und durch die Bretter alles beobachten konnte. Diese kleine Tierwelt war bereit zu hören, was mit Luni passiert war. Luni war jetzt munter, blieb aber brav bei Sidonie und dem Kater.

– „Sagst du uns, Luni, wie du auf unsere Wiese gekommen bist?“

– „Jaaa! Erzähl mal!“, schrien alle anderen.

– „Es ist nicht lang her, seitdem ich geboren wurde, meine Mama und ich lebten in einer schönen Schafherde. Ich hatte Freunde und Freundinnen, denn fast alle Schafe hatten Babys bekommen. Besonders mit Billi habe ich mich gut verstanden. Aber vor Kurzem waren alle Schafe sehr unruhig, sie sprachen leise unter sich und weinten. Dann ist der Schäfer in den Stall gekommen und sprühte uns Farbe auf den Rücken. Er war immer nett zu uns und ich hatte keine Angst vor ihm. Ich fand es aber komisch und fragte meine Mama. Mama sagte: „Luni, morgen, wenn es noch dunkel ist, wird der Schäfer zusammen mit anderen Männern kommen, um euch abzuholen. Wir werden euch nie wieder sehen! Du sollst auf keinen Fall in den Hänger gehen, sie bringen euch zum Schlachthof!“. Ich fragte Mama: „Was ist ein Schachthof, Mama?“ und sie sagte „Ein grausamer Ort, wo Tiere getötet werden…“. Ich heulte, ich wollte mit meiner Mutter, meinen Tanten und Freunden friedlich leben und nicht sterben. Dann erklärte mir Mama, dass, wenn wir den Transporter hörten, sollte ich schnell hinter die große Tonne neben dem Tor gehen und mich dahinter verstecken. Während die Männer die Lämmer suchten und einsammelten, sollte ich mich ganz schnell und leise davonschleichen und auf der Wiese so schnell und so weit wie möglich laufen, soweit mich meine Beine tragen.

Ich habe es gemacht, wie Mama gesagt hat, aber ich bin noch kurz hinter einem Busch geblieben. Was los war, war schrecklich! Die Schafe heulten, die Babys schrien nach ihren Müttern und haben so elend geweint und Billi… Billi hat nach mir gerufen… Dann bin ich geflohen, ich weiß nicht, wie lang ich unterwegs war, plötzlich war es wieder dunkel, ich hatte Durst und Hunger, ich wusste nicht wo ich war und ich hatte so Angst allein ohne Mama. Ich habe mich hingelegt und in der Früh haben Caspard, Sidonie und Marie mich gerettet."

Alle Tiere waren ganz still. Sidonie und Madame Louise weinten, Radames, Aida und Ty waren zusammengerückt und Caspard saß da wie eingefroren. Dann sagte er:

– „Tja, immer dasselbe. Wir müssen von Menschen gefressen werden."

– „Du nicht!"

– „Ja, ich nicht. Sie haben mich als Kätzchen in eine Mülltonne auf einem Parkplatz geworfen und Marie hat mich gefunden. Meine Geschwister waren schon alle tot. Und ich habe im Fernsehen mit Marie gesehen: In China essen sie die Katzen und die Hunde! Frag mich aber nicht, wo China liegt…"

– „Caspard hat Recht, wenn sie uns nicht essen können, werfen sie uns in den Müll, ich war auch im Müll, wie Caspard", entrüstete sich Radames.

– „Wieso?" staunte Luni.

– „Ich bin ein Hahn, ich lege keine Eier wie Aida und Ty, für sie bin ich nutzlos, sie wollen keine Hähne behalten."

– „Moment mal, sie behalten uns auch nur für eine begrenzte Zeit, bis wir uns mausern. Ab dann legen wir weniger Eier, deshalb sortieren sie uns aus und töten uns. Dazu leben wir in riesigen Hallen, permanent beleuchtet, es stinkt fürchterlich, der Boden ist verdreckt mit unserem Kot, es liegen auch tote Hühner herum. Marie und ihre Freunde haben uns gerettet."

– „Ja, es ist wahr…“

– „Jetzt, da du es sagst, fällt mir auf, dass keine unserer Schwestern mit Farbe besprüht und abgeholt worden ist. Nur die Buben… Wie bist du entkommen?“ fragte Luni.

– „Kurz nach dem Ausschlüpfen bin ich mit allen anderen Küken in große Kisten geworfen worden. Die Küken, die Schwierigkeiten hatten, aus dem Ei rauszukommen, blieben dort. Viele starben und wir sind auf einem Fließband abtransportiert worden und…“

– „Was ist ein Fließband?“

– „Ich kannte den Namen auch nicht, aber die Männer haben gesagt „Jetzt ab zum Fließband!“ und haben gelacht… es ist ein rollender Teppich aus Gummi, sie werfen uns darauf und er bewegt sich relativ schnell, bis Frauen mit Masken und Handschuhen uns schnappen, uns anschauen und für uns kleine Hähne lief der Teppich zu einer Maschine, die uns zerstückelt, die kleinen Hennen gehen weiter. Irgendwie bin ich neben dem Teppich heruntergefallen, die Frau hat das nicht bemerkt und ich bin daruntergeblieben. Ich hörte meine Brüder vor Angst schreien und die rotierende Maschine, die sie schluckte und tot ausspuckte. Ich war seit ein paar Stunden auf der Welt, der Welt des Grauens… Ich blieb unbemerkt unter der Todesmaschine, ich habe gefroren, war müde, ich war am Sterben. Bis ein Besen mich rausgeholt hat… eine Frau hat den Boden geputzt, als sie mich gesehen hat, hat sie mich in ihre Tasche gesteckt, es war endlich warm. Später hat sie mich in eine Schachtel gepackt und plötzlich war Marie da… sie hat mich unter einer Wärmelampe gehalten, gefüttert und mit viel Liebe bin ich groß geworden…“

– „Ihr wart Tierkinder, wie ich!“

– „Was sind Tierkinder für sie? Müll oder Fleisch oder…“

– „Oh! Hendrik kommt!“

Plötzlich hörten sie den Hänger und alle sahen zum Tor. Ein tiefes Wiehern hallte durch den Hof, Sidonie wieherte zurück. „Hendrik, Hendrik!“ schrien die anderen Tiere. Caspard war wieder auf Sidonies Rücken gesprungen, um die Ankunft von Henrik nicht zu verpassen.

– „Was ist los, was ist los?“ rief Luni.

– „Hendrik ist wieder da! Keine Angst Luni, er ist nett.“

Hendrik, ein majestätisches, dunkelbraunes süddeutsches Kaltblut[2] betrat den Stall, lief zu seiner Box und begrüßte ganz herzlich seine Freunde, dann bemerkte er Luni. Sidonie erzählte ihm, was mit dem Lämmchen passiert war.

– „Wann werden sie endlich aufhören uns zu essen?“ sagte Hendrik.

– „Ja, wir sind doch alle Tierkinder“, wiederholte Luni.

– „Du glaubst doch nicht, dass sie das stört! Ich war auch ein Kind, Sidonie ebenfalls, als wir auf einem Fohlenmarkt[3] waren. Es wimmelte von kopflosen und verängstigten Fohlen, die vor Kurzem von ihren Müttern getrennt wurden. Wenn die Mütter noch dabei waren, konnten sie es nicht verhindern, dass die Menschen ihre Kinder in riesige Transporter geschoben haben und mit ihnen weggefahren sind. Sidonie und ich hatten Glück, genauso wie andere Fohlen, sie sind von netten Menschen gekauft worden, die uns schützen wollten. Dann haben Marie und Oliver uns abgeholt, seitdem leben wir

---

2) Kaltblutpferderasse, heimisch in Bayern.

3) Jedes Jahr im Herbst gibt es Märkte in Bayern und Österreich, wo die Kaltblut- und Haflingerfohlen zum Teil auch an Schlachter verkauft werden.

hier, friedlich und ohne Angst. Was mit Luni passiert, passiert anderen Tieren genauso. Ich bin auf einem Bauernhof geboren worden, es gab auch Kühe, die immer wieder Kälber bekommen haben. Aber, Luni, du durftest bei deiner Mama bleiben und auf die Weide gehen, die Kälbchen waren kurz nach ihrer Geburt in Käfigen draußen eingesperrt, nicht einmal die Milch ihrer Mütter haben sie bekommen. Die Kühe und die Kleinen haben tagelang geschrien und geweint… es war herzzerreißend. Und dann, irgendwann sind sie abgeholt worden und wir haben sie nie wieder gesehen. Oft sprachen die Kühe mit meiner Mutter und meiner Tante, ich kann euch sagen, ich möchte nie eine Kuh sein… so ein trauriges, kurzes Leben, voller Leid und Kummer."

– „Werde ich auch hierbleiben?"

– „Ja, sicher" antwortete Madame Louise, „Kein Tier wird von hier weggebracht, oder nur kurz, wie Hendrik, wenn wir krank sind."

Madame Louise war ein Hängebauchschwein. Sie war nicht so groß wie ihre Vettern, aber für ihre Menschen ist sie doch zu groß geworden und sie haben sie in einem Tierheim gelassen. Da ist sie fast ein Jahr lang mit einem anderen Schwein geblieben, bis Marie und Oliver sie mit anderen Leuten geholt haben. Madame Louise war das erste Tier, das auf den Hof kam, bevor sie nach und nach Gesellschaft bekommen hat.

– „Warum gibt es hier keinen Hund? Bei uns war auch ein Hund, er hat auf uns aufgepasst. Glücklicherweise war er nicht dabei, als der Schäfer uns geholt hat, er hätte mich mit Sicherheit entdeckt… Er war nett mit uns, so ist es nicht, er hat aber seine Arbeit sehr ernst genommen, vielleicht hatte er Angst vor dem Schäfer, ich weiß es nicht."

– „Wir hatten einen Hund“, sagte Caspard, „einen lieben Hund, er hat uns leider verlassen…“

– „Ist er weggelaufen?“

– „Ach, nein… er ist gestorben, es ist nicht lange her.“

– „Ja, Hektor war so ein liebes Wesen“, erzählte Sidonie, „Marie hatte ihn aus einem… wie heißt es schon, Caspard?“

– „Tierversuchslabor.“

– „Was ist das?“

– „Ein schrecklicher Ort, wo Tiere schlimm gequält und ermordet werden.“

– „Also, Hektor kam eines Tages von Oliver getragen an, er konnte kaum gehen. Er wohnte lang im Haus, bevor er endlich raus konnte, um mit uns zu sprechen. Caspard hatte schon viel mit ihm geredet, weil er sich immer wieder im Haus aufhielt.“

– „Tja, das Privileg der Katzen…“

– „Dann erzähl weiter, du Privilegierter!“

– „Sei doch nicht neidisch, Sidonie, du könntest nicht einmal zum Eingang rein.“

– „Willst du damit sagen, dass ich dick bin?“

– „Na, das habe ich nicht gesagt, ein Pferd kann aber wegen seiner Größe niemals ins Haus gehen.“

– „Sidonie… lass Caspard weitererzählen, es ist doch egal, ob wir rein können oder nicht, er sagt uns jeden Tag, was zu Hause los ist, wir sind bestens informiert. Also, weiter…“

– „Hektor hat mir seine fürchterliche Geschichte mitgeteilt.

Schon als Welpe lebte er mit seiner Mutter und Geschwistern in einem Käfig. Irgendwann sind alle Babys von ihr getrennt worden und wurden in einen größeren Käfig eingesperrt, bis sie groß genug waren. Dann ist er mit anderen Hunden zu diesem Labor transportiert worden, da drin waren alle möglichen Tiere, Affen, Katze, Mäuse, Ratten… und viele Menschen, ganz in weiß gekleidet. Hektor hat gesehen, wie sie komische Dinge auf die Köpfe von Affen, Katzen oder Ratten bohrten, sie waren wochenlang fixiert, sie haben die Mäuse in Gläsern mit Wasser ertrinken lassen, die Hunde vergiftet, dann operiert und wieder zugenäht… die Hölle auf Erden…"

– „Aber warum tun sie solche furchtbaren Sachen?"

– „Sie „forschen"…Woran? Das wusste Hektor nicht. Sein Körper war von Narben übersät, seine Seele genauso. Er hat mir gesagt, seine Rasse sei bei diesen Menschen sehr beliebt, weil sie so nett ist, diese Hunde wehren sich nicht."

– „Wie heißt sie denn?"

– „Warte… Feagle? Nein, Beagle. Nach vielen Experimenten in mehreren Laboren war Hektor am Ende und nutzlos, deshalb sollte er sterben. Aber Menschen wie Marie und Oliver haben ihn aus der Hölle befreit. Seine größte Freude war es, neben der Bank drüben in der Sonne zu liegen, er hatte die Sonne jahrelang nie auf seinem Fell gefühlt. Oliver hatte einen dicken Teppich für ihn ausgelegt, so konnte er bequem auf dem Boden bleiben. Er hatte richtig Schwierigkeiten zu gehen, ist aber trotzdem jeden Tag mit Marie oder allein zu uns gekommen."

– „Ja, er war das freundlichste und liebste Wesen überhaupt", seufzte Sidonie, „ein Engel… Ich glaube, er wusste, er würde nicht lang leben und hat jede Minute mit uns genossen."

– „Und dann?“

– „Weißt du, er war eigentlich sehr jung und trotzdem so alt. Solche Strapazen und Quälereien bleiben tief im Körper zurück, unsere Menschen haben ihm ein schönes Leben ermöglicht. Es war ihm bewusst und er war ihnen sehr dankbar. Eines Abends hatte Marie Hektor mit sich auf das Sofa genommen, er lag mit seinem vernarbten Kopf auf ihrem Schoß und ich war im Sessel mit Oliver. Beide haben gelesen, es war eine schöne Stimmung, Marie hatte den Kopf von Hektor immer gestreichelt, seine Augen waren vor Freude geschlossen. Plötzlich hat sie geschrien, Hektor hatte aufgehört zu atmen. Sie haben noch versucht, ihn wiederzubeleben, aber er hatte uns verlassen. Oh Mei! Die beiden haben so geweint und ich war so traurig. Trotz allem war es für ihn der schönste Tod, er ist in der Liebe gestorben, die er so lang vermisst hatte. Weil er so gern in der Sonne lag, haben ihn unsere Menschen an einem sonnigen Platz begraben. Vergessen werden wir Hektor niemals.“

Die Tiere schwiegen, alle mochten den Hund und fanden es ungerecht, dass ein liebes Wesen so leiden musste.

– „Vielleicht werden unsere lieben Menschen wieder einen Hund wie Hektor retten?“

– „Sehr wahrscheinlich, Luni.“

Die bunte Truppe unterhielt sich weiter, Luni fühlte sich wohl und hörte aufmerksam zu, bis ein großes Auto auf den Hof fuhr. Madame Louise beeilte sich, rauszugehen, während Marie schnell zum Stalltor rannte und es schloss. Dann schrie ein Mann.

– „Hallo liebe Nachbarin, schön, dass Sie da sind!“

Oliver eilte aus dem Haus und gesellte sich zu seiner Frau.

– „Hallo Herr Nachbar, was können wir für Sie tun?“

– „Vielleicht etwas. Einer von meinen Osterbraten ist abgehauen und ich wollte Sie fragen, ob Sie ihn nicht gesehen haben?“

Marie und Oliver sahen sich an.

– „Ein Osterbraten ist abgehauen? Können Sie uns das besser erklären, wir verstehen es nicht.“

Der Mann lachte.

– „Ach, ja! Ich habe vergessen, Sie essen nur Körnchen und Blätter, keinen Braten, auch nicht an Ostern… Vorgestern ist der Transporter vom Metzger gekommen, um die Lämmer abzuholen, ich hatte elf Stück markiert, aber nur zehn waren im Hänger, keine Spur in Stall und Hof von Nummer elf. Ich dachte, vielleicht haben Sie es gesehen.“

– „Ihr Hof ist weit weg von uns, es wäre unwahrscheinlich, dass dieses Lamm bis hier läuft. Wie viel kostet ein Osterbraten, also ein Lämmchen?“

– „Meine Lämmer sind Bio, erste Qualität. Meine Schafe sind gut gefüttert, sie geben eine gute Milch, deshalb ist ihr Fleisch sehr geschätzt, sie haben natürlich ihren Preis.“

Während der Mann seine Tiere als Fleischlieferanten lobte, war im Pferdestall Unruhe ausgebrochen. Luni war am Zittern vor Angst, er wollte raus. Sidonie, Caspard und Hendrik hatten große Mühe, ihn zur Ruhe zu bringen.
– „Er ist es, er ist da! Das ist der Schäfer, er holt mich jetzt, ich muss weg, ich muss weg!“

– „Luni! Halt den Mund, sei still! Marie und Oliver werden dich niemals dem Schäfer zurückgeben! Mach keinen Lärm, bitte!“

Luni beruhigte sich, zitterte aber weiter.

– „Also," sagte Oliver, „wenn wir Ihren Osterbraten finden, werden wir ihn Ihnen abkaufen, wäre das ok?"

– „Was wollen Sie mit meinem Osterbraten, wenn Sie keinen essen???"

Madame Louise grunzte hinter dem Mann
– „Du Blödmann, verschwinde von hier, lass uns in Ruhe!"

– „Ach du lieber Gott, eine Zwergsau. Sie könnten ein schönes Spanferkel machen?"

– „Verzeihung, wir mögen aber die Braten ganz lebendig… Also wenn wir das Lamm finden, sagen wir Bescheid, wir wünschen Ihnen schöne Ostern!"

– „Danke! Ebenfalls!"

Der Schäfer war weg und Marie sagte zu ihrem Mann:

– „Ich verstehe jetzt, warum Otto diesen roten Farbfleck auf dem Rücken hat und die zehn anderen liegen jetzt verpackt im Kühlregal."

Ostern war schon lange vorbei, Luni-Otto hatte sich schön auf dem Hof eingelebt, er war groß geworden. Inzwischen hatten Marie und Oliver Luni-Otto dem Schäfer abgekauft. Trotz seiner Freunde war Luni immer wieder traurig, vermisste seine Mutter, seine Herde und Billi… Dann erzählte ihm Caspard:
– „Weißt du, ich habe ein Gespräch im Haus gehört, Oliver holt bald ein Schaf, du kriegst Gesellschaft!"

Allerdings stieg ein paar Wochen später ein stolzes Schaf aus dem Hänger: Es war Lunis Mutter…

Informationen & Literatur

Hier finden Leser und Leserinnen unterschiedliche Tierschutz- und Tierrechtsorganisationen, Bücher und Filme, die sich den Themen meines Buches widmen. Diese Liste entspricht meinen persönlichen Erfahrungen und schließt keine Organisationen ein, die ich nicht kenne.

Der Hirsch
Wildtierschutz Deutschland e.V
AG Wildtiere (Österreich)
Das Buch „Wolf und wir“ von Prof. Kurt Kotrschal
ISBN 978-3-7106-0597-0

Das Gespräch mit der Pyramide
Wüsten-Gnadenhof „Bluemoon“ (Ägypten)

Das Pferd, das die Delfine liebte
Sea Shepherd Frankreich
L214 (Frankreich)
Pro Animale (für Galgos und Grey Hunde)

Der Besuch der Mondpferde
ProWildlife (Island Waljagd)
American Wildhorse Campaign (USA)

Der Osterbraten ist abgehauen
Animal Spirit (Fohlenmärkte)
Aninova (Undercover in Massentierhaltung)
Pro Animale e.V.

Andere Organisationen:
Rettet die Elefanten von Afrika e.V.
Buffalo Field Campaign (USA)
Vier Pfoten

Der Film von Sabine Kückelmann
„Im Namen der Tiere“
Der Film von Marc Pierschel
„Butenland“
Der Film von Gabriela Cowperthwaite
„Blackfisch – Der Killerwal“

Über mich:
www.tierhomoeopathie-saglietto.de

Dieses Buch ist eine Fiktion

Jede Ähnlichkeit mit Personen, Namen, privaten Orten, Namen von Firmen, Handlungen, die existieren oder existiert haben, wäre rein zufällig.

Impressum

Texte:

Umschlaggestaltung:

Verlag:
Eve Saglietto, Erlenweg 7, 82541 Münsing
www.tierhomoeopathie-saglietto.de

Druck:
CPI Books GmbH, 89075 Ulm